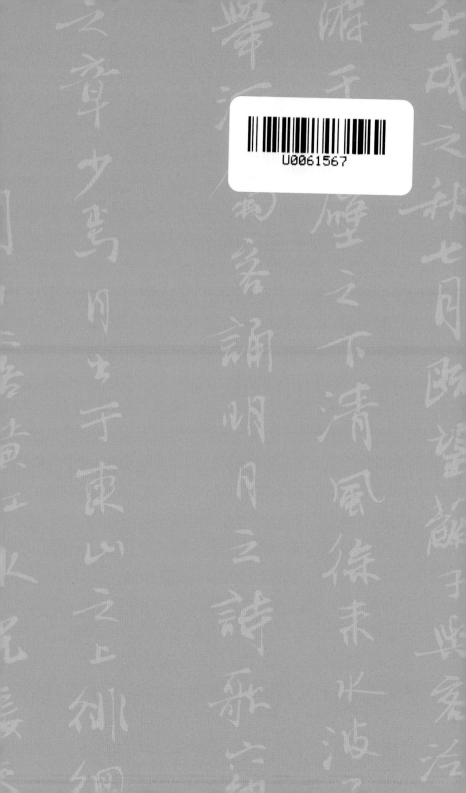

乎如馮虛御風而不知其所止飄

乎如遺世獨立羽化而登仙

于是飲酒樂甚扣舷而歌之歌

桂棹兮蘭槳擊空明兮泝流

鄭培凱 ● 著

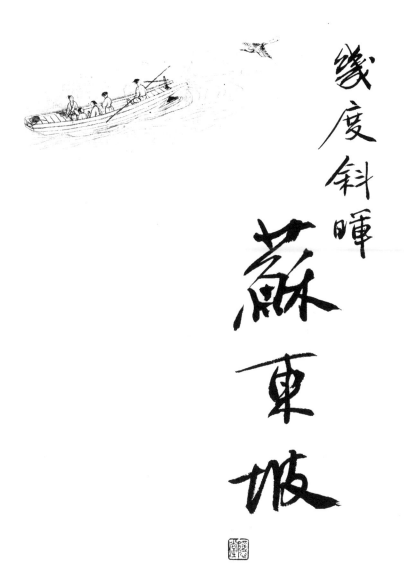

幾度斜暉

蘇東坡

中華書局

目錄

推薦序

知蘇東坡者，鄭培凱耶！

一生研習中國歷史，有個「死穴」，不喜歡讀宋史。可能早種根於中學中國歷史科留下的陰影。因中原對外積弱，接連遭受契丹、金和蒙元的侵凌，以至君主被擄，末帝蹈海，國羞民恥。弔詭的是，以熟悉一個朝代的歷史人物，甚至說景仰一個朝代的歷史人物，卻以宋朝為多。賢臣良將、學者文豪，不假思索，隨口可出。而個人對於兩宋的文學家以及能背誦的文章詩詞，不亞於唐代的文學家以及唐代的詩文。喜歡的兩宋詩人着實不少。歷代也好，兩宋也好，鍾愛文學家的厚薄，會情隨境遷。不過，數中國文學家，自少至老，鍾愛不渝甚至彌堅的，非蘇東坡莫屬了。

《幾度斜暉蘇東坡》中，作者說「退休之後有了餘暇，經常書寫東坡詩文樂府，在書法筆墨之間追摹其中意蘊，濡墨揮灑的神思想像得以昇華，感到別有境界的體會」。讀了這一段話，於我心有戚戚然。退休以後，較有餘暇。尤其是四年來，外懲世局的紛擾，內受疫情之困乏，遍閱世局遷變，歷盡人間磨練的我輩，亦難免會心潮

洶湧，思緒不寧。翻閱歷代文學名篇，誦讀各朝詩詞歌賦，竟成為安心立命的「桃花源」。背名篇詩詞，濡墨提筆，用以習字，對嫻熟的文詞的意蘊境界，會理解更深，有與古人遊的愉悅。其中尤以誦讀蘇東坡的作品為最多，習寫也最勤。所以如此，乃情懷與心境的自然流露。雖然不可與培凱兄精研蘇東坡去攀比，到古稀之年，同樣更能感悟蘇東坡，恐怕是理由的所在。

　　蘇東坡的作品，豐富多姿，曲盡了宇宙和人世間的情境。如果不以俗人的眼光去曲解「世事洞明皆學問，人情練達即文章」的兩句話，而從中國最偉大的小說家曹雪芹的襟懷去理解這二句話，最能概括東坡的人生、學問、胸懷之與他的文學和藝術的關係。讀《幾度斜暉蘇東坡》一書，相信讀者對東坡一生的行跡與文學藝術，會有更完整的認識與更通透的理解。

　　多年前，就曉得培凱兄集中精神研究蘇東坡。每見面，都善意地督促一下，希望能早日成書。年來，也陸續拜讀他刊出關於蘇東坡的零篇，都能別出蹊徑，另抒新見。所以，更希望他早日撰成出版，得窺全豹。日前承惠寄校對稿，得先睹為快。久未曾有像閱讀《幾度斜暉蘇東

坡》一稿，如此愉悅和有滋味。自走上學術研究這條路，幾十年來的閱讀，或尋捃於枯槁乏味的文獻資料；或正襟危坐地啃嚙高頭講章的論著。讀漢代和清代學術史，常咎病其時的著述風氣，為「餖飣考證」，現代學術的著述，似不遑多讓。要不然，就是一些洋洋灑灑，搬弄理論架構，數十萬言，結論不外乎三幾句可講清楚的話。這樣的閱讀，大多了無趣味，也汩沒性靈。

我喜歡讀學術雜文。如同香港商務印書館早年出版的《藝林叢錄》（共八冊）、湯用彤先生的《往日雜稿》、臺靜農先生的《龍坡雜文》、楊憲益先生的《譯餘偶拾》等等。學術名家的雜文，多是學慮成熟之作，敘事論述，要言不繁，舉重若輕；為文章法嚴謹，遣詞造句，雅純清通，行文具風致而富情感。輓近，如此醇厚可人的學術雜文越發少見了。

一打開培凱兄轉來的校對稿，即大喜過望。原來培凱兄摒棄了時下學術著作「體制撰述的拘限」，而以專題掇集成書。讀下來，竟不釋手。未閱讀如此讓人興味盎然、情思躍動的著作久矣！

蘇東坡雖為人所熟悉，作品也素為人所喜愛，正如

培凱兄在自序中說的,「研究蘇東坡的著作」,「多如牛毛」。然而,他「寫這本書,還真不是來湊熱鬧,而是有感而發」,「是讀東坡一甲子的心路歷程」。讀過此書,就明白作者所言不虛。

蘇東坡一生波折,宦海浮沉,遊踪遍及大半個神州,交遊廣闊,詩文作品豐富,博學淹識,多才多藝。研究者非具備多方面的學養,兼有相當的人生歷練,相信難以對蘇東坡有通融而透澈的認識。培凱兄庶幾近矣乎。培凱兄邃於中外歷史,學殖積厚,長於文學曲藝,擅勝茶道書法;兼且閱世既深,有人文精神的懷抱。所以對蘇東坡的研究,別出蹊徑,理解通透,發為文章,常能揭千年之覆,言人之未發,直指東坡本心。而且文章娓娓道來,富於文采,讀來興味盎然。

千年悠悠,知蘇東坡者,其為鄭培凱耶!

陳萬雄

自 序

　　研究蘇東坡的著作，即使不是多如牛毛，也不會少於我們頭頂的三千煩惱絲，那麼，我為什麼還來湊熱鬧呢？自從蘇軾過世，宋代文人就開始搜集與注釋蘇軾的著作，捋清他的生平事跡，記述軼事，收藏書跡拓片，成績斐然。歷經元明清三代，文人墨客崇尚坡仙成風，甚至次韻遙和東坡詩詞，也樹立了東坡作為中華文化傳承的優秀典範。近代學者更以新的文學研究模式，從文學史專業的角度推崇蘇軾，使得蘇軾的文學聲名與地位直追李白杜甫，浸浸乎有並駕齊驅之勢，專著與論文也隨學術升等的要求與日俱增，到了五輛卡車也裝不下的地步了。

　　其實，我寫這本書，還真不是來湊熱鬧，而是有感而發。從小耳濡目染，背誦了東坡的《前後赤壁賦》、《念奴嬌‧大江東去》之後，就念茲在茲，讀其書思其人。雖然只是個人興趣，欣賞東坡文章的灑脫自然，一徑讀來，山河影路，清風朗日，但是，超過一甲子的浸潤與積澱，總還是有些揮之不去的詩情感懷，覺得自己一生經歷的波折起伏，早已在蘇軾詩文中點明道盡。退休之後有了餘暇，經常書寫東坡詩文樂府，在書法筆墨之間追摹其中意蘊，濡墨揮灑的神思想像得以昇華，感到別有境界的體

會，是體制內學術書寫難以企及的樂趣。2019年新冠疫情爆發以來，困居香港烏溪沙家中兩年又半，早晚翻閱不同版本的蘇軾詩文，有如闍黎誦經，以期處變不驚，坐看雲起，對東坡心境更加有所體會。期間應海內外報刊所需，寫了長短不一的文字，在此重新匯集編輯，盡量排除餖飣考證的繁瑣論據，也算是讀東坡一甲子的心路歷程。

蘇軾（公元1037年1月8日-1101年8月24日），按照傳統紀年，生於景祐三年十二月十九日，卒於建中靖國元年七月二十八日。綜觀蘇軾入仕的生平，大體可以分作四個階段：

風華正茂，詩情萬丈（1059-1079），二十三到四十三歲

烏臺詩獄，貶謫黃州（1079-1085），四十三到四十九歲

朝廷重臣，官場風波（1085-1094），四十九到五十八歲

放逐嶺海，有志未伸（1094-1101），五十八到六十六歲（虛歲）

蘇軾離開四川眉山，進入仕途之後，如脫弦之箭，再也無緣回到家鄉。一生如大江東去，波濤洶湧，在北宋政壇上幾度浮沉，卻總能在萬般挫折之中，昂首前行。貶謫黃州，在烏雲密佈風狂雨暴之際，寫出「一蓑煙雨任平生」這樣的詩句，令人敬佩之餘，也給後人重要的提示，必須直面慘淡人生，而有所體悟與昇華。他晚年從海南放歸，在金山寺自題畫像，回顧畢生經歷說：「心似已灰之木，身如不繫之舟。問汝平生功業，黃州惠州儋州。」在調侃之中，對世間所謂功業，有了明澈的觀照，也給後世孜孜名利之徒，提供了一面閱世的明鏡。

本書書名《幾度斜暉蘇東坡》，典出蘇軾《八聲甘州·寄參寥子》的上闋：「有情風萬里捲潮來，無情送潮歸。問錢塘江上，西興浦口，幾度斜暉？不用思量今古，俯仰昔人非。誰似東坡老，白首忘機。」蘇軾一生寫了340 多首詞，用了 80 種詞牌，《八聲甘州》只寫過這一首。他在元祐六年（1091）離開杭州太守任，告別參寥子的時候，有感一生波濤起伏，希望能安享寧謐的晚年，寫了這闋詞，藉着與參寥子的來往，探討內心深處的詩情感

觸與嚮往。然而，東坡老白首忘機，只是渺茫的心願，是曾經滄海之後的美好願望，卻也在內心深處隱約感到，不一定能夠實現。

蘇軾與參寥子交往一生，經歷了早期蘇軾從杭州到徐州、湖州做地方官，到烏臺詩獄、遭貶黃州，從風華正茂的精英，一下子打到社會底層，九死一生。之後召回朝廷，擔任翰林學士，參與朝廷政策的決議，後來又外放杭州、潁州、揚州，一路走來，都有參寥子這個方外知己相隨。甚至到了再次遭貶，流放到嶺南，到海南，參寥子還想去看他，被蘇軾勸阻，才未成行。這首《八聲甘州》寫於蘇軾經歷了烏臺詩獄與黃州貶謫，在離開杭州十五年後，以龍圖閣學士身份擔任杭州太守，在兩年之中，盡忠職守，疏浚西湖，築修蘇堤，解除民瘼。離任之際，告別詩友參寥子，寫出了自己宦場沉浮與知己相伴的心境，本意是想退隱，但有詩讖的意味，好像預知自己晚年要遭遇的苦難。下闋是：「記取西湖西畔，正春山好處，空翠煙霏。算詩人相得，如我與君稀。約它年、東還海道，願謝公雅志莫相違。西州路，不應回首，為我沾衣。」且不管以後的宦途風雨，至少在西湖邊上，春花秋月，山水清

雅，詩友知音得以相聚，也是人生難得的際遇。

　　這首詞時空交疊，情景相融，渾然天成，讀來如行雲流水。上闋寫景，下闋寫情，地點十分明確，是杭州鳳凰山南麓，俯瞰錢塘江的滔滔潮水，可以望到隔江的西興渡口，風光如畫。不禁想起在黃州寫的《念奴嬌》，「大江東去，浪淘盡，千古風流人物」，緬懷的是歷史中三國人物，赤壁鏖兵，在時間的長河中灰飛煙滅。目前在錢塘江邊與參寥子分別，寫的是當下的自我感懷，「有情風萬里捲潮來，無情送潮歸」，感到「逝者如斯夫，不捨晝夜」，美好的光陰歲月像潮水一般流逝，就要和眼前的知己好友分別，天地不語，有情無情，只感到江上幾度餘暉。

　　「幾度斜暉」的意象，呼應了他貶謫黃州之時，在沙湖道中遇雨，寫《定風波》自勉的心境。身處困厄，依舊要昂首挺胸，不怕風刀霜劍的侵凌。即使感到寒氣的逼迫，也總相信前景光明，「山頭斜照卻相迎」，雖然只是夕陽斜暉，心境明澈，就能「也無風雨也無晴」。到了他貶謫海南，政敵有意置他於死地的時候，他依舊無所畏懼，不忘初心，在回應弟子秦觀的《千秋歲》詞中，倔強

地發放夕陽斜暉的光芒，說出「一萬里，斜陽正與長安對」，不管受到任何無情打壓，「舊學終難改」，認定了自己的信念，無改初衷，最多也就是永遠放逐海外，學孔夫子：「吾已矣，乘桴且恁浮於海。」

對於《八聲甘州》的深層意蘊，以及蘇軾創作時神思飛揚所涉及的心理狀態，古來有許多揣測與評論，特別是下闋引用「西州路」的典故，導致了眾說紛紜。蘇軾與參寥子相約他年再會，講到「謝公雅志」，說的是晉代謝安身在官場，一直有退隱的「東山之志」，後來卻未隱先死。《晉書》卷七十九，記載謝安突然去世，「雅志未就」：「及鎮新城，盡室而行，造汎海之裝，欲須經略粗定，自海道還東。雅志未就，遂遇疾篤，還都尋薨。」羊曇一向為謝安所愛重，「安薨後，輟樂彌年，行不由西州路。嘗因石頭大醉，扶路唱樂，不覺至州門。左右白曰：『此西州門。』悲感不已，以馬策扣扉，誦曹子建詩曰：『生存華屋處，零落歸山丘。』慟哭而去。」西州路引人發出深沉的悲痛，懷想故人逝世，再也沒有相會之期，傷感慟哭。蘇軾用了這個雅志未酬的典故，就有人認為這是詩人的讖語，暗示自己前途黯淡，或許天不假年，參寥子不必

在西州路上為我落淚沾巾。胡仔《苕溪漁隱叢話後集》卷三十九，認為詩讖之說不通，因為蘇東坡告別參寥子以後還活的好好的，十一年以後才逝世：「自後復守潁，徙揚，入長禮曹，出帥定武。至紹聖元年，方南遷嶺表，建中靖國元年北歸，至常乃薨，凡十一載。則世俗成讖之論，安可信邪？」

雖然胡仔的詩話編寫得不錯，提供了許多理解詩歌的資料，但他在此對詩讖的辯說，未免膠柱鼓瑟，並不能理解蘇軾寫詩創作的心理狀態，也對詩境想像翱翔的下意識聯想，做了生硬的解釋，缺乏慧識。明代張綖《草堂詩餘後集別錄》批評胡仔的說法：「昔人謂坡作此語，疑若不祥，後歷十一載乃薨，世俗所謂成讖者，意不足信。愚謂非也。凡言讖者，謂其無心而先見之也，若坡翁此語，自是有心為之，乃高人曠達之懷，不可以言讖。劉伶嘗荷鍤自隨，曰：『死便埋我』，豈真然耶？公在海外示姪詩云：『嗟予潦倒無歸日』，與韓文公藍關示姪湘詩：『好收吾骨瘴江邊』，皆若不祥，而二公竟生還無恙。」張綖的批評，是說蘇軾心胸曠達，毫不在乎生死忌諱，所以，根本不是詩讖。胡仔拿蘇軾後來還活了十一年為據，說此詩

並非詩讖，是無的放矢。陳廷焯《白雨齋詞話》也是這個意思，說這首詞「寄伊鬱於豪宕，坡老所以為高」。

　　張綖與陳廷焯認為，蘇軾天性豁達，不在乎談論生死，也就無所謂詩讖不詩讖。然而，這樣的斷語也未免過於討巧，以粗魯的標籤方式來解詩。標榜東坡老高人一等，再拿豪放曠達作為理由，解釋蘇軾面對的生命處境，是以概念替代詩情體會，根本不能觸及蘇軾寫《八聲甘州》的創作心態。說這闋詞是「詩讖」，有一定的道理，不是說他即刻就要面臨謝安的命運，雅志未酬身先死，而是隱約透露了蘇軾長期以來對政局的不滿，對官場體制束縛自由心智的心理挫折，以及一心想要退隱而不得的苦悶。張綖說「凡言讖者，謂其無心而先見之也」，說得沒錯，是感受到了這闋詞想要吐露的心理挫折，只是讓他一深入解釋，就變成辯駁胡仔的說法，高舉坡翁曠達的大旗，不能探測到蘇軾心境的幽微與傷感。

　　蘇軾與參寥子的交往，我另有長文探討，在此簡單拈出，作為點題，只說明這本小書的寓意，是通過蘇軾的具體生命歷程，探究他潛藏在詩文深處的意識活動，了解

他內心情愫的變動。蘇軾的確心胸開闊，瀟灑豁達，但並非永遠歡笑暢意，也有避不開「罣礙恐怖，顛倒夢想」之時。他可以成為一個「不可救藥的樂觀主義者」，是有一定心路歷程的，而他撰寫的詩詞，又最能反映中國詩歌的抒情傳統，由表至裏，展示了詩人內心繽紛繁複的心理狀態。所以，「細讀」東坡的目的，並配合他的生活處境，不只是為了章句的考據與注釋，而是希望了解他為什麼成為高人，為什麼心靈得到了自由解放，為什麼人品高尚，悲天憫人，超越他身處的時代困境，千載之下，仍然讓我們欽仰敬佩，讀到他的詩文，如沐春風。

本書的出版有點倉促，是為了配合我在香港集古齋「書寫蘇東坡」的書法個展，因此，探討蘇軾生平與詩文意蘊的關係，有不能盡意之憾，只好留待下一部書來彌補了。我要特別感謝好友陳萬雄與趙東曉的鼓勵，更感激中華書局侯明、黎耀強、何宇君諸位大編的提點，才有本書的問世。我在書中呈現的蘇東坡，只是一己之見，有時與坡仙拊掌而談，有時與古人隔空叫陣，總之都是私下的讀書心得。知我罪我，還望坡仙天上有知，諒宥則個。

鄭培凱

輯
一

佳
趣

東坡詠西湖

蘇軾在熙寧四年（1071）秋天，因為之前反對王安石新法，遭到王安石親戚誣告，説他濫用職權，貪污舞弊，販賣私鹽，幾乎惹出一場大獄。後來總算調查清楚，發現全是無中生有，意圖陷害，終於還他清白。蘇軾感到京城的政治鬥爭十分可怕，自己以開誠布公的姿態，説出執政的問題，提出反對意見，居然動輒得咎，要隨時警惕藏在暗處的鷹犬，時不時就會射出帶着劇毒的冷箭，或是佈下致人死地的陷阱，讓人永世不得翻身。想來想去，還是離開京城這塊是非之地，外放到州郡，遠離鬥爭激烈的中央。

關於這起烏龍的誣陷事件，蘇軾在事情過後二十年即元祐六年（1091），他與退休的王安石已經「一笑泯恩仇」，王安石也過世了之後，他曾簡略敍述了前因後果，報告給哲宗皇帝，説：「先帝聖明，能受盡言，上疏六千餘言，極論新法不便。後復因考試進士，擬對御試策進上，並言安石不知人，不可大用。先帝雖未聽從，然亦嘉臣愚直，初不譴問。而安石大怒，其黨無不切齒，爭欲傾臣。御史知雜謝景溫，首出死力，彈奏臣丁憂歸鄉日，舟中曾販私鹽。遂下諸路，體量追捕當時

梢工篙手等，考掠取證，但以實無其事，故鍛鍊不成而止。」蘇軾自己說道，當時陰影幢幢，讓他感到烏雲佈滿天際，所以雖然證實了自己的清白，還是要求外放。

蘇軾懇求外調，也經過了不少周折，本來是希望出去當一把手的，後來朝中總是有人作梗，最後還是神宗皇帝拍板，在熙寧四年夏天任命他到杭州，去當個二把手通判。蘇軾對這個任命基本上是滿意的，因為到杭州這樣的富庶地方當二把手，資歷相當於他處的知州，算是個美差。但是，不讓他當地方上的一把手，蘇軾也心中有數，在寫給他堂兄的信裏就透漏了天機：「不欲弟作郡，恐不奉行新法也。」就是怕他反對王安石新政，在執行政策上陽奉陰違。不過，他又說，「杭州風物之美冠天下」，到山明水秀的勝地去躲避政治鬥爭的追殺，也不失為良策。

蘇軾從汴京到杭州，一路上走走停停，探親訪友，還特別去潁州拜訪了剛剛致仕的老師歐陽修。歐陽修特別向他推薦了住在西湖的和尚惠勤，跟他說：「西湖僧惠勤甚文，而長於詩，吾昔為《山中樂》三章以贈之。子問於民事，求人於湖山間而不可得，則盍往從勤乎？」老師的建議很清楚，推薦惠勤和尚，第一是他有學問，又會作詩，值得當朋友交往。第二，蘇軾到杭州當第二把手，必須了解當地的情況，惠勤是個隱居在西湖的高僧，可以提供可靠而適當的指點。

蘇軾一路遊山玩水，經過壽州、濠州，參觀了彭祖廟、虞姬墓，經過洪澤湖，從淮陰到達揚州。又從揚州順長江而下，參觀金山寺，遊焦山，登北固山，再經蘇州，遊覽虎丘，還去觀賞了蘇州報恩寺的古塔（今天的北寺塔），到了熙寧四年年底，終於抵達杭州，已經是陰曆十一月二十八日了。

他上任的第三天，臘月一日，就到西湖北畔的孤山去拜訪惠勤和尚，可見他對老師的教導，真是言聽計從。關於這次拜訪，蘇軾印象深刻，一方面是西湖山水清音的自然感召，另一方面則是與高僧清談其樂無窮，讓他擺脫了官場鬥爭的陰影。他初訪西湖，回到家裏，趕緊就寫了這麼一首詩：

天欲雪，雲滿湖，樓臺明滅山有無。水清出石魚可數，林深無人鳥相呼。臘日不歸對妻孥，名尋道人實自娛。道人之居在何許？寶雲山前路盤紆。孤山孤絕誰肯廬？道人有道山不孤。紙窗竹屋深自暖，擁褐坐睡依團蒲。天寒路遠愁僕夫，整駕催歸及未晡。出山回望雲木合，但見野鶻盤浮圖。茲遊淡薄歡有餘，到家恍如夢蘧蘧。作詩火急追亡逋，清景一失後難摹。

蘇軾寫西湖的詩，我們最熟悉的是《飲湖上初晴後雨二首》的第二首：「水光瀲灩晴方好，山色空濛雨亦奇。欲把西湖比西子，淡妝濃抹總相宜。」大概人人都會背誦，也總被杭州市政府用作觀光旅遊的口號。其實，他寫過很多詠讚西湖的詩，都很精彩，有些更有意境，不止寫眼前美景，還描繪了詩人的心景，如《六月二十七日望湖樓醉書五絕》的第一首：「黑雲翻墨未遮山，白雨跳珠亂入船。卷地風來忽吹散，望湖樓下水如天。」這是他在西湖望湖樓寫的，說是「醉書」，大概是像李白醉寫那樣，與朋友聚飲歡暢，詩興大發，在眾人圍觀之下，提筆濡墨，龍飛鳳舞，一口氣書寫了五首絕句。詩寫得是真好，歡暢淋漓，意象的運用非常活潑，真是大詩人手筆。更重要的是，這首詩寫出了雨過天晴的爽朗心境。

蘇軾的瀟灑自如個性，經常在詩中展現。他剛到杭州不久，跟着太守沈公一起去吉祥院賞牡丹，寫過《吉祥寺賞牡丹》一詩：「人老簪花不自羞，花應羞上老人頭。醉歸扶路人應笑，十里珠簾半上鉤。」這個吉祥院園圃廣袤，牡丹盛放之時，遊人如織。據《咸淳臨安志》記載，「名人巨公皆所遊賞，具見題詠。」東坡的這首詩半寫實半自嘲，非常有趣。他自己寫過一篇文章《牡丹記敘》，說到觀花的經過：「自輿台皂隸皆插花以從，觀者數萬人。」看花的人群多如過江之鯽，擁擠程

度不亞於二十一世紀的西湖。蘇軾暢飲半醉，招搖過市。年紀一把了，也不害羞，像小姑娘一樣，滿頭插了花；自己不害羞，卻以擬人筆法描繪花都害羞起來，覺得二八姑娘戴的鮮花，怎麼插在老傢伙頭上。末句的出典來自杜牧的《贈別二首》的第一首：「娉娉裊裊十三餘，豆蔻梢頭二月初。春風十里揚州路，捲上珠簾總不如。」原詩是為十三歲的歌姬張好好所作，正是豆蔻年華，所有捲上珠簾的歌妓都比不上她的青春美貌。蘇軾把這典故扭了一轉，主角變成插花半醉的老人家，顛顛倒倒走在路上，惹得十里長街人人都捲起珠簾看熱鬧。他那時還不到四十，現在算「後中年」，一千年前算是長者了，自嘲人老心不老，風流浪蕩。詩句詼諧恣肆，展現了他風趣灑脫的個性。

他和後來接任杭州太守的陳述古（陳襄）最是投緣，意趣相合，經常一道遊山玩水，十分愜意。後來陳述古離開杭州，蘇東坡寫了首《虞美人》詞給他：「湖山信是東南美，一望彌千里。使君能得幾回來？便使尊前醉倒更徘徊。沙河塘裏燈初上，水調誰家唱？夜闌風靜欲歸時，惟有一江明月碧琉璃。」蘇軾早年只寫詩，可他的詞反而是我們今天最熟悉的，填詞是他中年以後在杭州才開始創作的，而且有好幾首詞都與陳述古相關，寫得非常好。我們或許可以從他詞裏頭看到他的心

境，看到朋友給他帶來的靈感，反映他的人生的態度。

　　蘇軾在杭州將近三年的經歷，生活在風光明媚的西湖邊上，看雨絲風片，煙波畫船，賞花品茗，飲酒賦詩，大體來説心情是愉悅的。偶爾也發發牢騷，説些羨慕陶淵明歸隱啦，不為五斗米折腰之類，甚至還會説出懷念四川老家的話。發牢騷的主要原因，還是抱怨朝廷偏聽偏信，對王安石任用溜鬚拍馬的小人不滿。奉承權威之徒，貪圖官位的勢利宵小，霸佔了政府的要職，只顧推行新政，不管民間疾苦，讓志存高遠的蘇軾看不順眼。他剛到杭州，就給弟弟蘇轍寫了兩首詩，其中第一首就説：「眼看時事力難勝，貪戀君恩退未能。遲鈍終須投劾去，使君何日換聾丞。」表示自己無力改變時勢，卻因身負朝廷命官的責任，不得不「做好呢份工」。在施行新政這種政治氛圍下，自己怎麼做都會被人扣上「遷延遲鈍」的帽子，早早晚晚要丟了烏紗帽，換上一個耳聾目瞎、唯唯諾諾、只知道打躬作揖的人來接任。

　　抱怨歸抱怨，日子還是得過，官差還是得執行。好在杭州風光真是好，西湖景色天下優，蘇軾到孤山談禪，吉祥寺賞牡丹，望湖樓看新月，望海樓觀錢塘潮，到北山一帶探幽，夜宿靈隱寺聽秋聲，遊徑山坐看雲起，與好友烹小龍團飲惠山泉水，都是些賞心樂事。在杭州三載，過着神仙日子，逐漸不太抱怨世道不平了。

蘇軾是個勤奮讀書，努力辦事，敞開胸懷遊樂的人。杭州任官三年，官聲不錯，升任密州知州。密州是個窮地方，又不幸遇上旱災與蝗災，讓人焦頭爛額。他不禁懷念起徜徉西湖的日子，寫下《懷西湖寄晁美叔同年》這首詩：「西湖天下景，遊者無愚賢。深淺隨所得，誰能識其全。嗟我本狂直，早為世所捐。獨專山水樂，付與寧非天。三百六十寺，幽尋遂窮年。所至得其妙，心知口難傳。至今清夜夢，耳目餘芳鮮。君持使者節，風采爍雲煙。清流與碧巘，安肯為君妍。胡不屏騎從，暫借僧榻眠。讀我壁間詩，清涼洗煩煎。策杖無道路，直造意所便。應逢古漁父，葦間自延緣。問道若有得，買魚勿論錢。」

　　離開杭州十五年後，蘇軾經歷了烏臺詩獄死裏逃生的淬煉，在黃州度過了辛苦的貶謫生活，以「龍圖閣學士充兩浙西路兵馬鈐轄知杭州軍州事」的身份，回到了杭州，擔任太守。這一段「鹹魚翻生」的體驗，讓他深刻領悟到，生命雖然無常，但留得青山在，即使是含辛茹苦的逆境，只要活着，還是有些值得慶幸的歡愉。即使是進入了生命的秋天，仍然可以看到晴朗的藍天，享受橙黃橘綠的收穫。蘇太守寫給劉景文的詩，就完美地展現了他對杭州最深情的歌詠：「荷盡已無擎雨蓋，菊殘猶有傲霜枝。一年好景君須記，最是橙黃橘綠時。」

陌上花開

　　近來聽到電影《相愛相親》的主題曲《陌上花開》，那歌詞不古不今，說纏綿不夠纏綿，說浪漫又不夠浪漫，流行歌曲夾帶點古典韻味，頗似當代文豪硬着頭皮撰寫四六體的碑銘，怎麼讀都是文氣不順。這讓人聯想到 90 後的小夫妻到江南古鎮度蜜月，在巷口便利店買了瓶法國香檳，打開來走了氣，喝起來十分寡味，卻也自得其樂。或許這就是二十一世紀穿越式的復古艷情，隨便抓點令古人詠歎不已的靈感，就東施效顰起來，也是讓人無可奈何的事。

　　陌上花開，說的是五代時期吳越王錢鏐的故事，王妃回鄉省親，很讓他思念，有一天他看到陌上春花綻放，就寫信給王妃，只有兩句話：「陌上花開，可緩緩歸矣。」錢鏐是一介武夫，寫不出纏綿悱惻的詩篇，然而這兩句話充滿了綿綿的愛意，溫柔體貼，成了千古絕響。看到陌上花開了，想起自己愛戀的妻子還在遠方，希望她能回到身邊，歡聚在一起賞花，是多麼美好的願望。可是想到妻子的家鄉在苕溪後面的天目山中，山路難走，翻山越嶺要小心，就說，不要匆忙趕路，慢慢地走，安全第一，緩緩歸來，我就在杭州等你。清代學者

王士禎在《漁洋詩話》說：「五代時，吳越文物不及南唐、西蜀之盛，而武肅王寄妃詩云『陌上花開，可緩緩歸矣』，二語艷稱千古。」又在《香祖筆記》中寫道：「武肅王不知書，而寄夫人詩云『陌上花開，可緩緩歸矣』，不過數言，而姿致無限！」

蘇軾第一次到杭州任官，擔任第二把手杭州通判的時候，寫過《陌上花》三首，是按照民歌的方式寫的，讓人很能感覺到故事的風韻。這三首絕句有蘇軾的自序：「遊九仙山，聞里中兒歌《陌上花》，父老云：吳越王妃每歲春必歸臨安，王以書遺妃曰：『陌上花開，可緩緩歸矣』。吳人用其語為歌，含思婉轉，聽之淒然。而其詞鄙野，為易之云。」顯然是雅化之後的民歌，祛除了與詩情畫意牴牾的俚俗字句：

陌上花開蝴蝶飛，江山猶是昔人非，遺民幾度垂垂老，遊女長歌緩緩歸。

陌上山花無數開，路人爭看翠軿來。若為留得堂堂去，且更從教緩緩回。

身前富貴草頭露，身後風流陌上花。已作遲遲君去魯，猶歌緩緩妾回家。

蘇軾的詩寫得好，因為投入了個人的感受，對錢

鏐的脈脈深情有着深刻的共鳴，同時想到了人生的悲歡離合，讓詩人的想像翱翔，從蝴蝶翩飛的意象，聯繫到江山依舊而人事已非，富貴榮華到頭是一場空幻，而詩歌詠誦的愛情依然膾炙人口。蘇軾來到杭州的背景，涉及朝廷因變法引起的黨爭，受不了小人的攻訐與誣陷，請求調離京師，心境是有點鬱悶的。來到風光宜人的杭州，湖光山色，詩酒風流，引發了詩人內心敏銳細膩的的感覺，從陌上花開聯想到歷史的興亡滄桑。詩寫得好，不止是重複原來的愛情主題，而是從男女愛戀延伸到人世的變化，世事不可逆料，歷史翻雲覆雨，但是純真的情感永存人心，會世世代代被人歌詠。

　　蘇軾性格寬厚放達，也有治平天下之心，充滿了人情，喜歡跟老百姓打成一片，很能體會老百姓的生活氣息。他從骨子裏就是個詩人，生活在世間的「情」之中，聲欬成詩，不可能偏離生命的感覺，無法忽視生活中詩情畫意的溫暖，也就不可避免要感喟：時間的波濤會捲走世上溫馨的情事，只留下美好的記憶。蘇軾《陌上花》的主題，採自當時民間傳唱的歌謠，從錢鏐對王妃的脈脈深情，轉到了杭州老百姓對錢俶去國不歸的脈脈深情，就像杭州寶石山上的保俶塔經歷世世代代的風雨，依舊護佑着錢俶，盼望他能歸來。所以，在宋神宗朝寫這三首民歌體的詩，描繪杭州人民在錢俶投降宋朝

百年之後，仍然依戀吳越國的統治，是非常政治不正確的。這也就是為什麼善於奉承乾隆皇帝的紀曉嵐，讀最後一首詩，批語是：「指錢俶歸朝之事，用事殊不倫。」怎麼個「不倫」呢？就是對本朝不倫，不夠忠心，居然描寫老百姓還懷念前朝，是可忍孰不可忍！好在紀曉嵐是清朝人，不懂得歷史穿越，要不然也很難講，他會不會加入迫害蘇東坡的陣營？

陌上花開一曲，在宋代杭州流傳甚廣，大家都會唱。蘇東坡有一首詞《江神子》（即《江城子》），寫給朋友陳直方的妾，自序說：「陳直方妾嵇，錢塘人也。丐新詞，為作此。錢塘人好唱《陌上花緩緩曲》，余嘗作數絕以紀其事矣。」《詞苑叢談》也記了這件事：「陳直方之妾，本錢塘妓人也，丐新詞於蘇子瞻。子瞻因直方新喪正室，而錢塘人好唱《陌上花緩緩曲》，乃引其事以戲之。」這首詞不好寫，寫不好就有調笑之虞：

玉人家在鳳凰山，水雲間，掩門關。門外行人，立馬看弓彎。十里春風誰指似，斜日映，繡簾斑。

多情好事與君還，憫新鰥，拭餘潸。明月空江，香霧着雲鬟。陌上花開看盡也，聞舊曲，破朱顏。

雖是朋友間玩笑之作，立意與前面三首絕句不同，但寫得很得體，十分同情朋友得到新歡，還不至於淪為輕佻，也收入了《東坡樂府》。

陌上花開，成了詩人在杭州的靈感。

從來佳茗似佳人

　　蘇東坡喜歡喝茶，寫過許多茶詩，其中一句「從來佳茗似佳人」不但膾炙人口，而且被後人連上「欲把西湖比西子」，使得不少年輕人以為，東坡的原詩就是「欲把西湖比西子，從來佳茗似佳人」。其實，兩句詩是東坡寫的沒錯，卻來自本來不相干的兩首詩，後人移花接木，通過集聯的手法，串聯起來，甚至變成一些風雅茶室的楹聯，以現在流行的說法，可算是「二次創作」吧。

　　「欲把西湖比西子」，是蘇軾在熙寧六年（1073），時年三十八歲，擔任杭州通判的時候，描寫西湖景色的詩句，題目是《飲湖上初晴後雨二首》之一，原詩是大家最熟悉的一首詠西湖絕句：「水光瀲灩晴方好，山色空濛雨亦奇。欲把西湖比西子，淡妝濃抹總相宜。」「從來佳茗似佳人」，則是元祐五年（1090）蘇軾年已五十五歲，經歷了烏臺詩案的牢獄之災，遭貶黃州受苦受難，在宦海之中翻騰浮沉之後，成了翰林學士，再回到杭州擔任太守時，收到朋友餽贈最高檔的新茶，所寫的一首茶詩。蘇軾再次回到杭州的心境，經過了驚濤駭浪的陷溺，與十七年前尚未遭人攻訐陷害的時候，是大

不相同了。詩題是《次韻曹輔寄壑源試焙新芽》，全詩如下：「仙山靈草濕行雲，洗遍香肌粉未勻。明月來投玉川子，清風吹破武林春。要知冰雪心腸好，不是膏油首面新。戲作小詩君勿笑，從來佳茗似佳人。」

這首茶詩寫得好，格律對仗嚴明工整，行文用典舒暢流動，明喻暗喻相互交織，生動自然，好似畫一幅畫，畫着畫着，畫中美人栩栩如生，竟然走下了畫卷。暫且不說文字的藝術成就，此詩反映出宋代飲茶習俗的細節，值得深入探究，特別是揭示了宋代文人雅士的茶道好尚，以及飲茶品味的精緻追求，是研究宋代生活美學的好材料。

詩題中說到的曹輔，當時在福建任職經濟轉運工作，其中重要的職務，就是把御茶園出產的龍鳳團茶上貢到朝廷，自然就能接觸到最上品的新茶，可以作為珍貴禮品，贈送給親友。《茗溪叢話》指出，「北苑茶，入貢之後，市無貨者。惟壑源諸處私焙茶，其絕品可敵官焙。蓋壑源與北苑為鄰，山阜相接，纔二里餘，其茶香甘，在諸私焙之上。」曹輔送給蘇東坡的好茶，就是壑源的新茶，不僅如此，還是壑源的「試焙」。「試焙」是什麼意思呢？黃儒的《品茶要錄》講茶葉采造，一開頭就說：「茶事起於驚蟄前，其采芽如鷹爪，初造曰試焙，又曰一火，其次曰二火。二火之茶，已次一火矣。

故市茶芽者，惟同出於三火前者為最佳。」試焙就是一火，是最早最新的茶芽所造，而市面上能夠得到的新茶，一火、二火、三火都屬於「最佳」，因為都比明前茶要早一個月，是世間的絕品新茶。

這首詩開頭就説，好茶如仙山靈草，經雲霧潤澤，有如不需粉飾的香肌，然後聯想到清風明月，想到愛茶的盧仝，想到早春的武林（杭州）。冰雪心腸好，則聯想到冰雪聰明，想到「一片冰心在玉壺」，出現了聰慧靈黠的佳人形象。膏油首面新，固然讓人想到濃妝艷抹的妖艷婦人，卻更是宋代品茶鑒賞的行話。蔡襄《茶錄》就明確指出：「茶色貴白，而餅茶多以珍膏油其面，故有青黃紫黑之異。善別茶者，正如相工之視人氣色也，隱然察之於內，以肉理實潤者為上。」《品茶要錄》也説到，製作餅茶的工序非常考究複雜，榨膏的分寸很難掌握，所以，就會出現「惟飾首面者，故榨不欲乾，以利易售」的情況，雖然看起來茶色不錯，但試茶之時，「色雖鮮白，其味帶苦」，不入蘇東坡的法眼。

關於蘇東坡以佳人比喻佳茗，宋人袁文《甕牖閒評》卷五説：

蘇東坡不甚喜婦人，而詩中每及之者，非有他也，以為戲謔耳。其曰「短長肥瘠各有態，玉環

飛燕誰敢憎」，乃評書之作也；其曰「欲把西湖比西子，淡妝濃抹總相宜」，乃詠西湖之作也；其曰「戲作小詩君勿誚，從來佳茗似佳人」，乃謝茶之作也。如此數詩，雖與婦人不相涉，而比擬恰好，且其言妙麗新奇，使人賞玩不已，非善戲謔者能若是乎？

蘇東坡是否真的不喜歡婦人，我們很難斷定，因古今標準不同，對女性的態度也因人而異。不過，東坡善戲謔倒是真的，偶爾拿女子來比喻西湖，比喻佳茗，也無傷大雅，不會有性騷擾之虞。

白土與擂茶

陸羽《茶經·六之飲》提到:「或用蔥、薑、棗、橘皮、茱萸、薄荷等,煮之百沸,或揚令滑,或煮去沫,斯溝渠間棄水耳,而習俗不已。」說的是唐代以前喝茶的習慣,烹煮茶湯,放入蔥、薑、棗、橘皮、茱萸、薄荷等等,各種亂七八糟的佐料,煮成一鍋茶粥,民間習俗如此。陸羽認為,這是毫無品味的流俗,完全不懂得飲茶之道要追求茶的純粹與清靈,亂放雜物就破壞了品味美感與精神提升。在他眼裏,俗人喝的不是茶的美味,喝的是溝渠間的污水,褻瀆了飲茶之道。可是,流俗卻習之不已,令人浩歎。

陸羽講的「習俗不已」,其實反映了中國人喝茶習慣的多元性,從古至今,儘管製茶與品飲的主流方式有所改變,精英階層提倡茶有真味真香,卻一直有人在茶湯裏面加果加料。不僅陸羽的時代如此,宋代最講究點茶與鬥茶之際如此,明代強調品茶意境之時如此,到了二十一世紀,不但鄉間依舊保持喝擂茶的習慣,在城市都會甚至還花樣翻新,出現泡沫紅茶加青蛙蛋的喝法,美其名曰珍珠奶茶。我去年在法國美食之都里昂逛街,就在市中心靠近美術館的共和大道上,發現一家珍珠

奶茶鋪，既有英文的招貼 bubble tea，還有法文的說明 thé aux perles，真是東學西漸，與時俱進了。

北宋的蘇軾是懂得喝茶的，尤其是他當了杭州通判，在杭州度過三年愜意生活之後，特別欣賞福建出產的小龍團。他在杭州寫了不少詩，經常提起福建的北苑貢茶，用惠山泉水烹煎，其味馥郁雋永，難與倫比。他離開杭州，升遷為山東密州知州時，在熙寧八年（1075）寫了一首《和蔣夔寄茶》，感謝蔣夔記得他鍾愛上等龍團，不遠千里給他寄來好茶。他感歎來到北方之後，生活環境大為改變，粗茶淡飯，與杭州富裕所提供的「飲食窮芳鮮」完全不能相比。在密州這樣的窮鄉僻壤，吃的是「廚中蒸粟埋飯甕，大杓更取酸生涎」，喝的是「柘羅銅碾棄不用，脂麻白土須盆研」，談不上美食品味，更沒有品茶的講究。他特別提到北方飲茶習慣之粗鄙，不用茶碾把茶團碾碎，也不用茶羅把茶末篩勻篩細，而是加入芝麻與白土，放在盆裏擂研搗碎，混着陸羽鄙視的蔥薑之類，加鹽烹煮。詩中說到，他一不留神，「老妻稚子不知愛，一半已入薑鹽煎」，好茶已經遭到了荼毒。只好歎息命運不是自己的選擇，應該放寬胸懷，隨遇而安，「人生所遇無不可，南北嗜好知誰賢。死生禍福久不擇，更論甘苦爭蚩妍。」

蘇軾天生豁達，是看得開的人，上等茶下等煮法，

雖然暴殄天物，也沒辦法，只好說南北習俗不同，就像自己遭遇的死生禍福，也不必去爭什麼美醜好壞，不必太過於執着人生苦樂。他後來遭貶到黃州，寫了《寄周安孺茶》一詩，其中有句：「如今老且懶，細事百不欲。美惡兩俱忘，誰能強追逐。薑鹽拌白土，稍稍從吾蜀。尚欲外形骸，安能徇口腹。由來薄滋味，日飯止脫粟。」說起粗茶淡飯，喝茶是「薑鹽拌白土，稍稍從吾蜀」，就是四川鄉間的老喝法，與北方民間喝法一樣。他的弟弟蘇轍也在《和子瞻煎茶》中說過，「煎茶舊法出西蜀」，南方人懂得喝茶，「君不見閩中茶品天下高，傾身事茶不知勞，又不見北方俚人茗飲無不有，鹽酪椒薑誇滿口。」在另一首詩中也說，「鹽酪應嫌北俗粗」，看法跟他老哥相同。

　　蘇軾鄙視的「白土」是什麼？學者從來搞不清，有的說是麵粉，有的說是薯粉，眾說紛紜。我推測可能是四川產的土茯苓，因為李時珍的《本草綱目》說，「土茯苓，楚、蜀山箐中甚多。……其根狀如菝葜而圓，其大若雞鴨子，……其肉軟，可生啖。有赤、白二種，入藥用白者良。」擂茶中放些白土茯苓，或許就是西蜀的老式喝法，宋代北方沿襲了下來。

蘇軾品泉

　　關於飲水的品質優劣，現代人十分講究，從餐宴點選名牌礦泉水，就可以看出。去法國餐廳，點的是法國著名的 Perrier，是法國南部天然的碳酸泉；到意大利餐廳，就得喝 San Pelligrino，是意大利北部的礦泉水，據說十六世紀的達芬奇親自品嚐過，還撰文說好。我還有幾個品味極其刁鑽的朋友，飲水有如作詩，講求 PH 值的均勻平衡以及礦物質的含量，好像寫詩要合轍押韻，平仄對仗一絲不能苟且。李女士出門就要帶一瓶依雲（Evian）礦泉水，說是靠近阿爾卑斯山的法國地下礦泉，有着阿爾卑斯山高貴皎潔的性格，又深藏在石灰岩層的地下深處，像獨處的清溪小姑，喝了不僅養顏，還能淨化靈魂，夜裏做夢都是香甜的。顧先生則是個茶痴，堅持泡龍井茶與碧螺春，一定要用法國中部的 Volvic 礦泉水，舉世無匹，因為 Volvic 的產地有一種特殊的火山熔岩礦物質，配江南的綠茶，真是天造地設，琴瑟和諧，只有他發現了這個蘊藏在天地間的奧秘，有一次帶着唯恐有人監聽的神色，偷偷跟我分享了這個秘密。對於朋友們堅信不疑的品味嗜好，我一般無從置喙，只能唯唯諾諾，偶爾也嘗試一下，不過想來是

自己根器不夠，也沒嚐出什麼驚天動地的門道。

說到喝茶要品天下名泉，中國人至少從唐代就有了品評的名錄，想來是因為唐朝飲茶開始普遍，逐漸成為風尚，不僅要喝好茶，也得使用好水煎茶，才能相得益彰。陸羽寫過《茶經》，也寫過《水品》，可惜後來佚失了，不知具體是怎麼羅列天下名水的。晚唐的張又新寫《煎茶水記》，列出兩份名錄，一份是劉伯芻所列，說天下名水，第一是揚子江心南零水，二是無錫惠山泉水，三是蘇州虎丘石泉水。另外還有一份據說是陸羽評定的，說廬山康王谷水簾水第一，無錫惠山泉水第二，把揚子江心南零水列為第七。歐陽修不相信張又新的陸羽評定說法，指出陸羽不太認同瀑布水，不可能把廬山康王谷水簾水評定為天下第一。唐代說飲茶用水，有句盛讚天下第一匹配的名諺，是「揚子江心水，蒙山頂上茶」，但是到了宋代，康王谷水簾水也是茶人艷稱的好水，蘇軾與陸游的詩詞也都稱讚過，可見，說到味覺品賞，每個人的口味很難服從集體意識，不可能完全一致，並非如孟子說的，「口之於味也，有同嗜焉」。

（一）中泠泉

蘇軾第一次外放到杭州，擔任第二把手通判，是在熙寧四年（1071）的夏天。他一路訪友遊歷，從揚州順

長江東下，到達鎮江的時候已經是秋末了。他在遊覽金山寺之際，寫了一首《遊金山寺》，説他生長在長江的源頭，現在順江而下，來到了江南：「我家江水初發源，宦遊直送江入海。聞道潮頭一丈高，天寒尚有沙痕在。中泠南畔石盤陀，古來出沒隨濤波。試登絕頂望鄉國，江南江北青山多。」這裏提到的「中泠」，就是中泠泉，是南零水的別稱。舊題王十朋編纂的《百家注分類東坡先生詩》引程縯曰：「揚子江有中泠水，為天下點茶第一。」蘇軾遊覽金山，寺僧留他過夜，想來是奉上好茶的，是否就近用中泠水點茶，文獻無徵，不過我們推想，蘇軾一定是渴望得以品嚐天下第一名水，而廟裏的住持也不會讓他失望的。他從金山乘船到焦山，還寫了首詩，「金山樓觀何眈眈，撞鐘擊鼓聞淮南。焦山何有有修竹，采薪汲水僧兩三。」也不知道那些和尚打的是岸邊水，還是特地到江心去汲取中泠水。無論如何，這是蘇軾第一次邂逅天下第一中泠泉。

蘇軾在金山寺寫詩，看到眼前滔滔的江水，聯想長江發源於他的家鄉四川。類似的感覺，他在元豐七年（1084），結束了貶謫黃州的日子，再遊金山寺，已是十三年後的秋天，又再度浮上心頭。他寫了《送金山鄉僧歸蜀開堂》一詩，致送給歸返四川的金山寺僧圓寶：「撞鐘浮玉山，迎我三千指。眾中聞聲欬，未語知

鄉里。我非個中人，何以默識子。振衣忽歸去，隻影千山裏。涪江與中泠，共此一味水。冰盤薦琥珀，何似糖霜美。」他這次來訪金山寺，是為了去見好友了元佛印和尚，卻遇到了來自四川遂寧的圓寶。遂寧以出產糖霜著稱，所以詩句最後說圓寶回鄉，可以嚐到家鄉最美的糖霜。詩中說他本來並不認識圓寶，卻在金山寺眾僧之中，聽到了鄉音。知道圓寶要歸鄉開堂，讓他聯想起流經遂寧的涪江，注入嘉陵江後，匯入長江，一路東流而下，就來到金山寺下，與揚子江心中泠水會合了。可以想見，這次蘇軾到訪，與了元佛印相聚飲茶，喝的應當還是中泠水。

（二）惠山泉

　　蘇軾在杭州期間，經常稱讚惠山泉水，而且也寫過許多詩篇，讚頌惠泉水最適合烹煮上貢的龍團茶。他剛到杭州的第二年（熙寧五年，1072）秋天，就寫過《求焦千之惠山泉詩》，要求擔任無錫知州的焦千之寄送惠泉水，說「精品厭凡泉，願子致一斛」。後來又在《試院煎茶》詩中細述烹茶的過程，特別提到要用惠泉水：「蟹眼已過魚眼生，颼颼欲作松風鳴。蒙茸出磨細珠落，眩轉繞甌飛雪輕。銀瓶瀉湯誇第二，未識古人煎水意。」還自己加了注：「古語云，煎水不煎茶。」說

明了點茶拉花的秘訣，需要格外體會之處，在於要用天下第二的惠泉水，因為關鍵是「煎水不煎茶」，好水才能點好茶。他有個朋友錢顗（安道），是無錫人，弟弟錢道人是惠山寺長老。錢顗送建州龍團茶給他，他寫了《和錢安道寄惠建茶》一詩說，「我官於南今幾時，嚐盡溪茶與山茗。」蘇軾還特別抽空跑到無錫，去探望錢道人，並且寫了《惠山謁錢道人，烹小龍團，登絕頂，望太湖》有句：「踏遍江南南岸山，逢山未免更留連。獨攜天上小團月，來試人間第二泉。」不知道他帶到惠山與錢道人一起品茗的小龍團，是不是錢顗致送的珍品，可以確定的是，烹煎龍團的泉水一定是惠山泉水。

蘇軾於熙寧七年（1074）離開杭州，轉徙於密州、徐州為官，五年後調湖州知州，赴任時有秦觀、參寥一路陪同，經過無錫，寫了《遊惠山》三首詩，有序：「余昔為錢塘倅，往來無錫未嘗不至惠山。即去五年，復為湖州，與高郵秦太虛、杭僧參寥同至，覽唐處士王武陵、竇群、朱宿所賦詩，愛其語清簡，蕭然有出塵之姿，追用其韻，各賦三首。」說明他心中念念不忘惠山泉，有機會經過無錫，總要去造訪品嚐。這次有秦觀與參寥和尚陪同經過，當然要一同去觀山景、品山泉。其中第二首：「敲火發山泉，烹茶避林樾。明窗傾紫盞，色味兩奇絕。吾生眠食耳，一飽萬想滅。頗笑玉川子，

飢弄三百月。豈如山中人，睡起山花發。一甌誰與共，門外無來轍。」於此可見，蘇軾雖然順應當時習俗，稱呼惠山泉為第二泉，卻在品茗之際特別欣賞惠山泉水，不但請人寄送，只要有機會還會專程登臨惠山，品嚐清泉瀹茶的奇絕風味。

蘇軾上任湖州知州不久，就被人誣陷，遭到烏臺詩獄的災禍，關押之後貶謫黃州。五年之後朝廷召還，獲准在常州買地歸老，曾與胡宗愈（完夫）約為鄰里，再來就回到汴京任官，先任禮部郎中，後任起居舍人。此時胡宗愈為中書舍人，聽說蘇軾擔任起居舍人，仍然有歸隱定居常州之想，寫了一首短詩致賀：「蘇公五十鬢髯斑，雲袡青袍入漢關。賈誼謫歸猶太傅，謝安投老負東山。黃崗泉石紅塵外，陽羨牛羊返照間。知有竹林高興在，欲開誰肯放君閒。」意思是說，雖然你還想歸隱陽羨，但是朝廷不會讓你退隱清閒的。蘇軾即時和了一首《次韻胡完夫》：「青衫別淚尚斕斑，十載江湖困抱關。老去上書還北闕，朝來挂笏看西山。相從杯酒形骸外，笑說平生醉夢間。萬事會須咨伯始，白頭容我占清閒。」之後又寫了《次韻完夫再贈之什某已卜居毘陵與完夫有廬里之約云》，還是嚮往鄉居清閒的日子：「柳絮飛時筍籜斑，風流二老對開關。雪芽我為求陽羨，乳水君應餉惠山。竹簟水風眠晝永，玉堂制草落人間。應

容緩急煩閾裏，桑柘聊同十畝閒。」詩句反映了想像中退隱的美好歲月，有陽羨雪芽作為茶飲，烹茶的泉水就應該是惠山泉水。

（三）谷簾泉

蘇軾在杭州時，於熙寧六年（1073）寫過一首《元翰少卿寵惠谷簾水一器、龍團二枚，仍以新詩為眖，嘆味不已，次韻奉和》：「岩垂匹練千絲落，雷起雙龍萬物春。此水此茶俱第一，共成三絕鑑中人。」這個元翰少卿，名魯有開，是蘇軾任杭州通判的前任，兩人交情不錯，詩歌唱和，並餽贈禮物。這次魯元翰致送一罐谷簾水、兩枚龍團茶餅，引得蘇軾作詩，形容谷簾水是匹練般的瀑布水，從岩壁上飛垂而下，水花四濺如千縷絲線，而建州龍團茶是驚蟄雷聲之後採製，正是春天來臨之時。谷簾水、龍團茶、贈詩一首，都是天下第一，並稱三絕。魯元翰的詩是否天下第一，我們沒讀到，無法評價，但是蘇軾在這一首詩中的確點出，谷簾水可配上貢的龍團茶，是天下第一。或許蘇軾為了唱和次韻，說的是揄揚元翰少卿的客氣話，順便也一道讚譽朋友的餽贈，並非審慎的品評，那就無從細究了。

蘇軾遭遇烏臺詩獄之後，倖免於難，被貶到黃州，在朋友幫助下得到東坡廢地，躬耕自養，從此自號東坡

居士。他生活於困蹇的環境，幸好不斷接到親友的餽贈，依然得以品嚐好茶好水。元豐五年（1082）他寫過一闋《西江月》，送好茶好水給徐君猷的侍妾勝之，有序：「送建溪雙井茶、谷簾泉與勝之。勝之，徐君猷家後房，甚麗，自敘本貴種也。」這首詞如下：「龍焙今年絕品，谷簾自古珍泉。雪芽雙井散神仙，苗裔來從北苑。湯發雲腴釅白，盞浮花乳輕圓。人間誰敢更爭妍，鬥取紅窗白面。」這個徐君猷是黃州太守，對蘇軾十分照顧，經常邀請他聚會，詩酒風流。徐君猷的侍妾很多，東坡居士特別喜歡勝之，為她寫過好幾首詩詞，讚揚她嬌媚可愛。蘇軾致送的好茶好水，是雙井茶與谷簾泉，都是當時備受讚譽的珍品。雙井茶是黃庭堅與他父親大力推介的家鄉茶，得到歐陽修與蘇軾的認可，不過歐陽修認為稍遜上貢的建州北苑的龍焙團茶，蘇軾或許因為雙井茶是黃庭堅的家鄉茶，對此不置可否，所以，蘇軾在詩中特別提到雙井茶是北苑龍團御茶的支裔，是今年龍焙絕品的一脈。致送雙井茶與谷簾泉水，稱得上最高級的禮品，算是蘇軾對谷簾水的肯定。

詩詠天下第四水

　　晚唐時期因陸羽《茶經》的影響，飲茶品水蔚為一時風尚，張又新著有《煎茶水記》，羅列天下名水，開啟了品第天下泉水的爭端。張又新列出了兩份名單，一是劉伯芻的七種水：

　　　　揚子江南零水第一；無錫惠山寺石水第二；蘇州虎丘寺石水第三；丹陽縣觀音寺水第四；揚州大明寺水第五；吳松江水第六；淮水最下，第七。

　　這份名單所列，基本上是長江下游環太湖一帶，位於揚子江心的南零水（又稱中泠水）譽為天下第一。還有一份據說是陸羽列舉的二十種水，地域包羅得很廣，從巴蜀一直到湖南浙江，前七名是：

　　　　廬山康王谷水簾水第一；無錫縣惠山寺石泉水第二；蘄州蘭溪石下水第三；峽州扇子山下有石突然，洩水獨清冷，狀如龜形，俗云蝦蟆口水，第四；蘇州虎丘寺石泉水第五；廬山招賢寺下方橋潭水第六；揚子江南零水第七。

列廬山康王谷水簾水為天下第一，揚子江心南零水成了天下第七，長江三峽西陵峽東端的扇子峽有蝦蟆口水，則是天下第四。在歷代詩文中，這個蝦蟆口水有不同的稱呼，或稱蝦蟆碚，或作蝦蟆背，甚至簡稱蟆培，其指涉都是扇子峽中突出江中的蛤蟆石。

蘇東坡貶謫在黃州生活，見不到召還朝廷的跡象，也斷絕了世事紛擾，於元豐六年（1083）寫了一首探討茶飲的長詩《寄周安孺茶》，既追溯飲茶的歷史變化，也敘述自己品茶的經驗，說到年輕時就有機會品嚐天下名茶，後來又對品茶之道進行細緻的鑽研，精益求精，很有味覺審美的心得。其中有幾句非常有意思，提到他對天下名泉與飲茶的樂趣，也暗喻自己宦途起伏，到了萬事不關心的景況：「好是一杯深，午窗春睡足。清風擊兩腋，去欲凌鴻鵠。嗟我樂何深，水經亦屢讀。陸子詫中泠，次乃康王谷。蟆培頃曾嚐，瓶罌走僮僕。如今老且嬾，細事百不欲。美惡兩俱忘，誰能強追逐。」他在詩中舉了三種天下名水：中泠水、康王谷水、蟆培水（即蝦蟆背水），顯然受到七種水與二十種水傳說的影響，不過，他卻先舉出中泠水，其次才是谷簾水，似乎暗示谷簾水並不能超越中泠水。

有趣的是，他還特別拈出，「蟆培頃曾嚐」，對蝦蟆背水印象深刻，與天下第一水並列。這個蝦蟆背水在

二十種水名單中，名列第四，而且敘述的相當仔細：「峽州扇子山下有石突然，洩水獨清冷，狀如龜形，俗云蝦蟆口水，第四」，在唐宋時期倒是遠近聞名的。

蘇軾對蝦蟆水印象深刻，有其緣由，因為他曾經到過蝦蟆背，有過「如人飲水，冷暖自知」的親身體驗。這就要溯源到 1059 年，蘇軾二十四歲（虛歲）的時候，與父親蘇洵、弟弟蘇轍第二度離開四川，經三峽東下的經歷。他們到了西陵峽一段，過黃牛峽險灘。長江三峽之險，自古著稱，西陵峽這一段則有著名的兵書寶劍峽、牛肝馬肺峽、黃牛峽等。南朝劉宋時期盛弘之的《荊州記》（著於 437 年）說：「宜都西陵峽中有黃牛山，江湍紆回，途經信宿，猶望見之。行者語曰：『朝發黃牛，暮宿黃牛。三朝三暮，黃牛如故。』」稍後的酈道元《水經注・江水》中，也有類似引錄：「江水又東，經黃牛山下，有灘名曰黃牛灘。南岸重嶺疊起，最外高崖間，有石，形如人負刀牽牛，人黑牛黃，成色分明。既人跡所絕，莫得究焉。此岩既高，加以江湍紆回，雖途逕信宿，猶望見此物。故行者謠曰：『朝發黃牛，暮宿黃牛，三朝三暮，黃牛如故。』」過了黃牛灘，就是扇子峽的蝦蟆背。蘇軾遊歷之後，寫了《蝦蟆背》一詩：

蟆背似覆盂，蟆頤如偃月。謂是月中蟆，開口

吐月液。根源來甚遠，百尺蒼崖裂。當時龍破山，此水隨龍出。入江江水濁，猶作深碧色。稟受苦潔清，獨與凡水隔。豈惟煮茶好，釀酒應無敵。

詩中形容了蝦蟆背的奇特地形，指出蝦蟆背水潔淨清澈，流入渾濁的江水，依然呈現深碧之色，與凡水不同，煮茶釀酒，都是無可匹敵的。

過了三年，蘇軾任職鳳翔府判官之時，派往屬下的寶雞、虢、郿、盩屋四縣調查，事後四處遊歷，寫了《壬寅（1062）二月有詔：令郡吏……》長詩，說到他完成「減決囚禁」的職務後，遊覽了太平宮、南溪溪堂、崇聖樓觀、大秦寺、延生觀、仙遊潭、玉女洞等處，還對詩句作注，詳細告訴弟弟蘇轍這段經歷。他描寫玉女洞，詩句是「最愛泉鳴洞，初嚐雪入喉。滿瓶雖可致，洗耳歎無由」，自己加注說：「洞中有飛泉，甚甘，明日以泉二瓶歸至郿。」寫到洞中有甘甜的飛泉，蘇軾筆鋒一轉：「忽憶尋蟆培，方冬脫鹿裘。山川良甚似，水石亦堪儔。惟有泉旁飲，無人自獻酬。」自注：「昔與子由遊蝦蟆培，方冬，洞中溫溫如二三月。」可見蘇軾對蝦蟆背的記憶猶新，難以忘情，特別告訴弟弟蘇轍，懷念當時同遊的情景。經過了二十年之後，蘇軾貶謫到黃州，品評天下名水的時候，他依然念念不忘蝦蟆背水，附於中泠水與谷簾水之列。

蘇東坡黃州種茶

　　蘇東坡遭人舉報陷害，大難不死，貶謫黃州，官場中人避之唯恐不及，讓他看盡了世態炎涼。還好他為人豪爽，交遊廣闊，有不少忠厚長者及知心好友，在他落難黃州之時，依然不離不棄，給他帶來些許人情溫暖。最讓他感到欣慰的是，黃州地方官員與鄉親，不但樂於和他交往，更設法改善他的生活，協助他墾殖坡地，「鋤禾日當午，汗滴禾下土」，開闢了稻田與菜圃。在寫給好友王鞏（定國）的信中，他說到，「近於側左得荒地數十畝，買牛一具，躬耕其中。今歲旱，米甚貴。近日方得雨，日夜墾闢，欲種麥，雖勞苦卻亦有味。鄰曲相逢欣欣，欲自號鏖糟陂裏陶靖節，如何？」（《文集》卷 52 尺牘，頁 1520-1521）親自下地耕田，除了勞其筋骨，起早貪黑之外，還要靠天吃飯，擔心旱澇的問題，當然不是蘇軾習慣的生活，不過，蘇軾生性豁達，想到陶淵明當年也曾荷鋤耕地，也就感到釋然，居然還開起自己的玩笑，說可否自封一個外號「鏖糟陂裏陶靖節」，也就是烏七八糟、不成體統的陶淵明。

　　荒瘠的廢地也種上了松樹與竹林，甚至有人從遠處給他攜來橘苗，大大改善了他的生存環境。蘇軾有了大

體就緒的農莊，勉強自給自足，成了東坡居士，就想打理一片茶園，滿足品茶的嗜好。

他知道臨近的大冶有個桃花寺，寺裏有甘美的泉水，還有遠近馳名的茶塢，出產好茶，號稱「桃花絕品」，就央求桃花寺長老給他茶種，寫了《問大冶長老乞桃花茶栽東坡》一詩：「周詩記荼苦，茗飲出近世。初緣厭粱肉，假此雪昏滯。嗟我五畝園，桑麥苦蒙翳。不令寸地閒，更乞茶子蓺。飢寒未知免，已作太飽計。庶將通有無，農末不相戾。春來凍地裂，紫筍森已銳。牛羊煩訶叱，筐筥未敢睨。江南老道人，齒髮日夜逝。他年雪堂品，空記桃花裔。」

這首詩非常有趣，充滿了自嘲的口氣，然而又很率真，反映了他隨遇而安的豁達個性，同時也顯露出他學殖富贍。詩一開頭的兩句，「周詩記荼苦，茗飲出近世」，極為簡明扼要，說清了中國飲茶的歷史進程。他說，《詩經》上記有「荼苦」，然而說的不是茶飲，喝茶是比較近代的事情。簡單的兩句話，顯示了他清楚《詩經》中所說的「荼」，並不一定就是茶，也可能是各種苦菜。《詩經·邶風·谷風》有「誰謂荼苦，其甘如薺」之句，說的「荼苦」是苦菜，吃起來像薺菜；《大雅·緜》有「周原膴膴，堇荼如飴」之句，說的是堇葵菜。「荼苦」是說苦菜苦口，卻很好吃，指的都不是茶。

接着他説，「初緣厭粱肉，假此雪昏滯。」喝茶這件事，最初是吃多了油膩的粱肉，用來清腸胃，掃除煩悶昏滯的，也就是陸羽説的，「若熱渴、凝悶、腦疼、目澀，四肢煩、百節不舒，聊四五啜，與醍醐、甘露抗衡也。」然而，他現在的生活境遇，當一個普通農夫，勉強溫飽就不錯了，居然已經想到喝茶除膩，「飢寒未知免，已作太飽計」，不是窮措大一文不名，飢寒難免，居然想着吃得太飽的情景嗎？

蘇東坡自問自答，給了個還算自圓其説的道理。既然是耕種莊稼，何不既種口糧（農），也種經濟作物的茶（末）呢？如此則得以互補，有無相通，到了春天，就在自家的雪堂出產桃花上品茶，讓我這個頭髮漸稀、齒牙動搖的老人，得以享受清閒。

這首乞茶詩顯示了蘇東坡的瀟灑豁達，在最艱苦困頓的時刻，依然嚮往着生活的樂趣。

黃州驚艷

　　蘇東坡落難黃州時，任黃州太守的徐大受（君猷）是個文采風流的人物，不但多方照顧東坡的生活，還時常與黃州通判孟震（亨之）一起，盛情宴請東坡，以盡詩酒歡愉之興。有趣的是，徐太守與孟通判的酒量都不行，卻因為東坡喜歡飲酒賦詩，也就經常安排酒宴，讓東坡在遭貶困頓的境遇之中，得到他鄉故知的友情溫暖。

　　徐太守很懂得生活情趣，家中有能歌善舞的姬妾四人（見《春渚紀聞》），酒宴歡聚之時，會乘興安排姬妾表演歌舞，以娛嘉賓。蘇東坡得到熱情款待，曾經寫過《減字木蘭花》五首詞，盛讚徐太守的後房佳麗。東坡寫這五闋詞，是有先後秩序的，先是寫了三闋，一一注明是分別寫給三名侍妾的：嫵卿、勝之、慶姬。後來又寫了一首給懿懿。最後還多寫了一首，特別表出「贈勝之，乃徐君猷侍兒」，是額外寫給勝之的，顯然在徐太守的四位姬妾中，勝之最讓東坡感興趣，是他在歷次饗宴中驚艷的主要目標。

　　我們先看看東坡是怎麼寫其他三位侍妾的。寫嫵卿：「嬌多媚賸。體態輕盈千萬態。殢主尤賓，斂黛含

嚵喜又瞋。」是個體態輕盈、千嬌百媚，會纏着主人與賓客、撒嬌作態、拋了媚眼又害羞的美女。在宴會上惹得主人高興，主人便隨她恣意玩耍：「徐君樂飲。笑謔從伊情意惢。臉嫩敷紅，花倚朱欄裏住風。」

寫慶姬：「天真雅麗。容態溫柔心性慧。響亮歌喉。遏住行雲翠不收。妙詞佳曲。囀出新聲能斷續。重客多情，滿勸金卮玉手擎。」這位美女天真雅麗，聰慧溫柔，最大的特色是歌喉響亮動聽，能唱出各類婉轉曲折的新聲。對賓客款待多情，最能舉杯勸酒。

寫懿懿：「柔和性氣。雅稱佳名呼懿懿。解舞能謳。絕妙年中有品流。眉長眼細，淡淡梳妝新綰髻。懊惱風情，春着花枝百態生。」這是個眉長眼細的美女，性格特別和順，芬芳溫柔，所以雅稱為懿懿。她淡淡梳妝，打扮得風情萬種，又能歌善舞，如春花綻放，千姿百態，十分討人歡心。

環繞在這麼多美姬之中，最讓蘇東坡驚艷的勝之，究竟是如何出類拔萃，以至於東坡寫了一首詞還不夠，還要接二連三詠誦這個小美人呢？先看看東坡寫的第一首：「雙鬟綠墜。嬌眼橫波眉黛翠。妙舞蹁躚。掌上身輕意態妍。曲窮力困。笑倚人旁香喘噴。老大逢歡，昏眼猶能仔細看。」原來是個梳着雙鬟的少女，眉目清秀，眼波流轉，妙舞翩躚。最讓東坡心動的，是少女嬌

小玲瓏，身輕如燕，令他聯想到能做掌上舞的趙飛燕。小姑娘唱跳得累了，嬌喘吁吁，就靠在賓客身邊嬌笑不已，使得年紀逐漸老大的東坡，感到無限的青春慰藉，最是驚艷。

東坡為勝之驚艷，或許與他流落黃州，日漸蹉跎的老大心境有關，對天真無邪的小姑娘帶來的青春氣息特別感到眷戀。因此，他又多寫了一首《減字木蘭花》給勝之：「天然宅院。賽了千千並萬萬。說與賢知。表德元來是勝之。今年十四。海裏猴兒奴子是。要賭休痴。六隻骰兒六點兒。」這就表明了，他要告訴主人，在千千萬萬的眾多美女之中，他最喜歡的就是年方十四的勝之，在孩兒群裏（「海」諧「孩」音）是最討人喜愛的，要賭就一定贏，六隻骰子都是六點。

蘇東坡好酒

　　蘇軾好酒，似乎是家喻戶曉的知識，也就引來許多對詩人的聯想，甚至妄下結論：詩人都好酒貪杯，以至於誤了國家大事。這樣的聯想，可能來自《世說新語》記載竹林七賢的故事，像阮籍、劉伶借酒裝瘋，駕車到荒山野嶺窮途末路，放聲大哭，或是醉酒終日，不肯起床，其實是逃避政治迫害。詩人飲酒任性，在普羅大眾的心目中，更可能來自李白的傳說，什麼要高力士為他脫靴啦，在采石磯飲酒捉月而淹死啦，大概都是過度誇大想像李白的詩興，「抽刀斷水水更流，舉杯消愁愁更愁」，在小說戲曲中編出極為戲劇化的橋段。蘇軾好酒，歷代傳誦，給人的印象卻相當溫和，從來沒有瘋狂的舉措，除了把他畫成寬袍大袖的醉翁之外，倒是編造不出過於離譜的事跡。

　　其實，蘇軾雖然好酒，卻總是清醒的。他酒量很小，容易喝醉，但一醉就睡，不可能出現什麼荒唐的行徑。他曾為劉伶、阮籍的狂誕飲酒行為，做過辯解說，「周公作《酒誥》，衛武公作《抑戒》，以為荒惑敗亂，無若酒者；而劉伶、阮籍之徒，以此全其真而名後世。」還寫下幾句詩：「昔人固多癖，我癖良可贖。為問劉伯

倫，胡然枕糟麴？」蘇軾強調自己喝酒的癖好，是無可厚非，可以救贖的，理由就在劉伶寫的《酒德頌》，其中回答道貌岸然人士，以不理不睬的方式駁回他們的嚴厲譴責：「於是方捧罌承槽，銜杯漱醪。奮髯箕踞，枕麴藉糟，無思無慮，其樂陶陶。兀然而醉，豁爾而醒。」

蘇軾對自己好酒的情況，做過多次反省，可算是有自知之明的。他於元豐三年（1080）遭貶到黃州，被禁止參與任何官府活動，無所事事，除了後來獲得城東的廢棄官地、開闢東坡之外，就是四處亂逛，看看花、行行山、烹茶飲酒。他當時寫過一篇《飲酒說》：「予雖飲酒不多，然而日欲把盞為樂，殆不可一日無此君。州釀既少，官酤又惡而貴，遂不免閉戶自釀。麴既不佳，手訣亦疎謬，不甜而敗，則苦硬不可向口。慨然而歎，知窮人之所為無一成者。然甜酸甘苦，忽然過口，何足追計。取能醉人，則吾酒何以佳為，但客不喜爾，然客之喜怒，亦何與吾事哉！元豐四年（1081）十月二十一日書。」這裏講了他生活的困窘，經常喝不到好酒，市面上的公賣酒類品質低劣而且很貴，逼得他只好自己釀私酒。可是釀酒也不是件容易的事，酒麴既差，技術也不可靠，因此，自釀出來的酒苦澀不堪，沒有人要喝。這又讓他感歎，「知窮人之所為無一成者」，人窮志短，

連可口的酒都沒得喝。

到了第二年，來自四川的楊世昌道士來訪，教他養生釀酒之法，蘇軾終於知道如何釀造蜜酒了。但是，他自釀的蜜酒技術還是不過關，喝了要拉肚子，也就不敢嘗試再釀了。多年之後，他被貶到惠州，學了釀酒新法，釀造出桂酒與真一酒，洋洋得意，寫過釀酒秘方，抄給朋友。不過，他的兩個兒子嚐過之後，卻偷偷表示，實在不敢恭維。《避暑錄話》記載：「蘇子瞻在黃州，作蜜酒不甚佳，飲者輒暴下，蜜水腐敗者爾。嘗一試之，後不復作。在惠州作桂酒，嘗問其二子邁、過，云亦一試而止。大抵氣味似屠蘇酒。二子語及，亦自撫掌大笑。二方未必不佳，但公性不耐事，不能盡如其節度。姑為好事借以為詩，故世喜其名。」

蘇東坡在晚年寫過很多和韻陶淵明的詩，經常提到淵明飲酒的軼事。他寫《和陶飲酒二十首并敘》，一開頭是這麼說的：「吾飲酒至少，常以把盞為樂。往往頹然坐睡，人見其醉，而吾中了然，蓋莫能名其為醉為醒也。」

東坡在黃州寫《定風波》詞，結尾是「也無風雨也無晴」，在惠州和詩陶淵明，居然是「莫能名其醉或醒」，真是詩人本色。

蘇軾吃素不殺生？

　　蘇軾是歷史上有名的吃貨。在我們的印象裏，這位宋代的大文豪好吃的程度，絕不輸給吃盡天下一切生物的廣東人，從天上飛的，地下跑的，到水裏游的，沒有不吃的。在中國烹飪傳統中，「東坡」已經成了美食的代號，直到今天人們還打著東坡旗號，艷稱各種各樣的東坡菜餚。除了享譽全球的東坡肉，中國各地還有林林總總的美味：東坡蒸豬頭，東坡糖蒸肉，東坡肉絲湯，東坡羊骨湯，東坡爆羊肉，東坡狗肉，東坡黃雞，東坡牛尾狸，東坡魚頭豆腐湯，東坡扇面划水，東坡蝦，東坡蟹，東坡烹河豚，東坡蠔，東坡筍，東坡元修菜，東坡牛肉羹，東坡玉米糝，東坡豆花，東坡豆粥，東坡藕，東坡燒麥，東坡酥，東坡芽膾……反正就像廣東人說的：四隻腳的只有桌子不吃，天上飛的飛機不吃，地上跑的汽車不吃，其他一律通吃。現代人為了吃得有品位，總想裝點門面，就經常請來東坡先生，為佳餚署名背書。

　　蘇東坡雖然貪吃，卻篤好佛家慈悲為懷的教義，心中存有不殺生的善念，還曾經發過誓，說要終身吃素。指天發誓要終身吃素，是白紙黑字，寫在呈給皇帝的謝

表之中，應該不是隨口亂說，否則豈不犯了欺君的大罪？然而，他似乎心口不一，不旋踵就吃起豬肉了。心裏想着不殺生，口裏卻品嚐雞鴨魚肉的美味，會不會陷入他最討厭的假道學窠臼，變成令人不齒的兩面派呢？對天發誓要吃素，卻豬羊雞魚、蝦蟹蠔蛤，一概通吃，到了晚年更是變本加厲，連蝙蝠蛤蟆、蜜唧乳鼠，都成為品嚐的珍饈。如此違背誓言，會不會永墮十八層地獄呢？有沒有什麼辦法，既不殺生，又能大快朵頤，品嚐燜燒豬肉滑膩香糯的滋味，啞唭黃芽白菜蘿蔔鯽魚湯乳白香濃的鮮甜，回味放山雞白雲出岫般的雋永呢？蘇東坡是怎麼看待自己的心口不一、如何調適內心矛盾呢？

（一）東坡肉

公元 1080 年，蘇軾經歷了烏臺詩獄，九死一生，遭貶黃州。他剛抵達黃州就寫了《到黃州謝表》，感謝神宗皇帝不殺之恩，發了重誓：「伏惟此恩，何以為報。惟當蔬食沒齒，杜門思愆。」在謝表的結尾，還指天發誓，說「指天誓心，有死無易」。他向朝廷呈上謝表的時候，同時寫了一首自嘲詩《初到黃州》：「自笑平生為口忙，老來事業轉荒唐。長江繞郭知魚美，好竹連山覺筍香。」謝表裏才說了「惟當蔬食沒齒，杜門思愆」，而且「指天誓心，有死無易」，轉眼就垂涎起黃州有武

昌魚的美味，又有滿山的嫩筍，饞得直咽唾沫。

　　蘇軾貶到黃州不久，就寫了《豬肉頌》：「淨洗鐺，少着水，柴頭罨煙焰不起。待他自熟莫催他，火候足時他自美。黃州好豬肉，價賤如泥土。貴者不肯吃，貧者不解煮，早晨起來打兩碗，飽得自家君莫管。」詳細列明了慢煮的烹調法，把等級低賤的豬肉做成佳餚，成了東坡肉的濫觴。蘇軾喜歡吃豬肉，早在遭貶之前就有徵兆，到了黃州調製慢燉豬肉，只是親力下廚的實踐。他於 1071 年初冬任杭州通判（二把手），享受過三年詩酒風流的好日子，當時的杭州太守是陳襄（字述古），兩人都學佛寫詩，飲酒觀花，相對莫逆。蘇軾就曾以吃豬肉打比方，作為學佛的方便法門，說陳襄鑽了學佛的牛角尖。他的說法，是佛法為我所用，學佛有益無害，可以建設心理健康，不必妄想成佛：「佛書舊亦嘗看，但闇塞不能通其妙，獨時取其粗淺假說以自洗濯，若農夫之去草，旋去旋生，雖若無益，然終愈於不去也。若世之君子，所謂超然玄悟者，僕不識也。往時陳述古好論禪，自以為至矣，而鄙僕所言為淺陋。僕嘗語述古，公之所談，譬之飲食龍肉也，而僕之所學，豬肉也，豬之與龍，則有間矣，然公終日說龍肉，不如僕之食豬肉實美而真飽也。不知君所得於佛書者果何耶？為出生死、超三乘，遂作佛乎？」（《答畢仲舉書》）這段話雖

然有點詼諧調笑，玩世不恭，說佛法的「超然玄悟」如龍肉那麼高超玄妙，可惜「不如僕之食豬肉實美而真飽也」。說佛談禪，居然以吃豬肉為譬喻，可看出蘇軾念念不忘豬肉，也難怪他發誓吃素之後，還是不能忘情口腹之慾，而且就地取材，因陋就簡，發明了令人饞涎欲滴的東坡肉。

　　蘇軾發誓吃素，又忍不住要吃肉，希望以誦經的方式，解脫他食肉的罪孽。他寫過《誦經帖》，就是描述內心的掙扎：「東坡食肉誦經。或云：『不可誦。』坡取水漱口。或云：『一盌水如何漱得？』坡云：『慚愧！闍黎會得！』」這篇妙文寫的是，他吃了肉再念經，以減輕罪愆。有人跟他說，不可以這樣誦經，他就取水漱口，認為口中清潔了。人家不同意，指出一碗水怎麼洗得清吃肉的罪孽。他回答說慚愧，卻認為心意已到，和尚是懂得的。這種吃肉誦經法，蘇軾一直沿用，一方面知道該吃素，不殺生，另一方面卻以念經懺悔的方式，企圖減免他吃肉的罪過。他甚至還寫過《僧自欺》一文，說和尚也想吃肉的，俗人吃肉能想到結為齋社，其實也不錯，長老會感到欣慰的：「僧謂酒『般若湯』，謂魚『水梭花』，謂雞『鑽籬菜』，竟無所益，但自欺而已，世常笑之。然人有為不義而文之以美名者，與此何異哉！俗士自患食肉，欲結卜齋社，長老聞之，欣然

曰：『老僧願與一名。』」

周紫芝《竹坡詩話》記載：「東坡喜食燒豬，佛印住金山時，每燒豬以待其來。一日為人竊食，東坡戲作小詩云：『遠公沽酒飲陶潛，佛印燒豬待子瞻。採得百花成蜜後，不知辛苦為誰甜。』」詩中說佛印燒豬，為的是東坡喜歡吃，自己卻不食，真是為誰辛苦為誰甜。這裏引的典故是高僧慧遠住廬山東林寺，與佛徒結有蓮社，邀請陶淵明前來，淵明回答，「若許飲則往。」慧遠答應他可以喝酒，於是淵明才前來參加。故事顯示，高僧並不拘泥「葷酒不入山門」這種死規矩，所以佛印禪師也就燒豬以待東坡，東坡感到有了高僧的背書，吃得心安理得，十分高興。

（二）金齏玉羹

不僅吃豬肉，他在黃州還創新了煮魚的妙方：「其法，以鮮鯽魚或鯉治斫，冷水下，入鹽如常法，以菘菜心芼之，仍入渾蔥白數莖，不得攪。半熟，入生薑、蘿蔔汁及酒各少許，三物相等，調勻乃下。臨熟，入橘皮線，乃食之。其珍食者自知，不盡談也。」（《蘇軾文集》卷七十三《煮魚法》）蘇軾煮魚的食譜寫得很清楚，做的是一鍋魚羹，把新鮮的河魚切成塊，摻入黃芽白菜，放進蔥白去腥，關鍵是不得攪動。等到魚肉半熟

之時，再把等量的生薑、蘿蔔汁、酒調勻倒入。魚羹快熟的時候，再加入新鮮的橘皮絲，如此河魚的土腥味完全袪除，鮮美芳香。他後來鹹魚翻生，在 1089 年擔任杭州太守時，回憶起當年在黃州煮魚羹的往事，得意萬分，認為是困窮期間發明的美味，不僅果腹，還大受朋友的讚揚：「予在東坡，嘗親執鎗匕，煮魚羹以設客，客未嘗不稱善，意窮約中易為〔果〕腹耳。」當了杭州太守，饜飫於山珍海味的鮮腴，想起當年自己創造的美肴，請了幾個好友品嚐魚羹，得到大家讚賞，還是非常得意：「今出守錢塘，厭水陸之品。今日偶與仲天貺、王元直、秦少章會食，復作此味，客皆云：此羹超然有高韻，非世俗庖人所能彷彿。歲暮寡悰，聚散難常，當時作此，以發一笑也。元祐四年十一月二十九日。」（《蘇軾文集・佚文彙編卷六》）

　　蘇軾自我吹噓「味自慢」的這道魚羹，其實借鑒了魏晉以來的魚羹製作，化唐宋名菜「金齏玉膾（鱠）」為「金齏玉羹」，把魚鱠（生魚片）變成了鮮魚羹湯，比後來在杭州流行的宋嫂魚羹醋溜滋味，要來得清淡，多一分清風明月的雅緻。蘇軾欣賞「金齏玉鱠」，還要操持庖廚，靈感大概來自晉代張翰思念的「吳中菰菜羹、鱸魚膾」（見《世說新語・識鑒》）。關於金齏玉膾的做法，北魏賈思勰所著《齊民要術》書中有「八和齏」

一節，指出「金齏玉膾」是當時的俗諺，民間已經廣為流行，並且詳細介紹了金齏的配料：「蒜一、薑二、橘三、白梅四、熟栗黃五、粳米飯六、鹽七、酢八。」金齏的製作法，《齊民要術》的記載是，先把白梅、薑、橘皮搗成末，再下其他配料在臼中搗爛。至於玉膾，則說：「膾魚肉，鯉長一尺者，第一好。大則皮厚肉硬，不任食，止可作酢魚耳。」賈思勰特別提到用鯉魚，是因為他是山東青州人，生活在北方，擔任過高陽郡（今山東淄博一帶）的太守，環境與吳中地區盛產鱸魚的情況不同。

《太平御覽・飲食部》卷二十，引漢代讖緯書《春秋佐助期》說，「吳中以鱸魚做膾，菰菜為羹，魚白如玉，菜黃若金，稱為金羹玉鱠，一時珍食。」這應該就是「金齏玉膾」美稱的最初來源，和蘇軾的改良版魚羹一脈相通，所不同者，在於後來的烹調加入了「金齏」，以橘皮泥或橘皮絲增添甜酸的香味。唐代劉餗的《隋唐嘉話》記載：「吳郡獻松江鱸，煬帝曰：『所謂金齏玉膾，東南佳味也』」。可見中唐以後，「金齏玉膾」這一道菜餚，已經廣為食家所知，而且傳為隋煬帝南遊享用的珍饈。《太平廣記・吳饌》引筆記小說《大業拾遺記》說：「又吳郡獻松江鱸魚乾膾六瓶。瓶容一斗。作膾法，一同鯢魚。然作鱸魚膾，須八九月霜下之時，

收鱸魚三尺以下者作乾膾。浸漬訖，布裹瀝水令盡，散置盤內。取香柔花葉，相間細切，和膾撥令調勻。霜後鱸魚，肉白如雪，不腥。所謂金虀玉膾，東南之佳味也。」顯示漢晉以來，金虀玉膾已是南北通行的美食佳餚，在江南地區以鱸魚為食材，北方則有所變通，用鯉魚代替。不過，在唐宋時期，文人雅士稱頌的的食材，還是江南的鱸魚、青魚或魴魚。王昌齡《送程六》詩：「冬夜傷離在五溪，青魚雪落鱠橙虀。」孟郊《與王二十一員外涯遊枋口柳溪》詩：「靈味薦魴瓣，金花屑橙虀。」晚唐皮日休流連蘇州，與陸龜蒙詩酒唱和的時候，寫過《新秋即事三首》，其中說到：「共君無事堪相賀，又到金虀玉膾時。」

蘇軾初次到江南，任杭州通判，就曾親嚐金虀玉膾這道美食。他離開杭州，任山東密州太守，十分懷念江南的芳鮮美味，寫了一首《和蔣夔寄茶》，開頭就說：「我生百事常隨緣，四方水陸無不便。扁舟渡江適吳越，三年飲食窮芳鮮。金虀玉膾飯炊雪，海螯江柱初脫泉。臨風飽食甘寢罷，一甌花乳浮輕圓。」在杭州品嚐江南美食，不但嚐到金虀玉膾，還有海螃蟹、江瑤柱，吃飽睡足了，再喝一杯乳花輕浮的好茶，真是美妙人生。他在密州時，還給擔任洋州太守的表兄文同寫過三十首和詩，讚美文同的洋川園池，其中一處是「金橙

徑」。文同的原詩是:「金橙實佳果,不為土人重。上苑聞未多,誰能為移種。」蘇軾的和詩是:「金橙縱復里人知,不見鱸魚價自低。須是松江煙雨裏,小船燒薤擣香虀。」蘇轍跟着和了一首:「葉如石楠堅,實比霜柑大。穿徑得新苞,令公憶鱸鱠。」可見蘇軾及其親友都十分熟悉金虀玉膾,而且認為金橙與松江鱸魚是最佳的絕配。1079 年蘇軾任湖州太守,在六月酷暑到城南消暑飲宴,寫了《泛舟城南會者五人分韻賦詩,得「人皆苦炎」字四首》,第三首:「紫蟹鱸魚賤如土,得錢相付何曾數。碧筩時作象鼻彎,白酒微帶荷心苦。運肘風生看斫膾,隨刀雪落驚飛縷。不將醉語作新詩,飽食應慚腹如鼓。」顯然是吃了當地價廉物美的太湖蟹與鱸魚膾,看到精心調製的過程,鱸魚切片如雪花飛落,賞心悅目,飽食一餐,作詩記快。

　　蘇東坡自鳴得意的魚羹,是合菘菜(即菰菜)與橙虀兩者為配料,以黃州當地現成的鯽魚或鯉魚為食材,顯然是繼承了「金虀玉膾」傳統的改良菜式,化身為「有汁有味」的金虀玉羹,可謂有滋有味的平民美食。在處理金虀的方法上,他有時使用搗爛的橙泥,繼續品嚐魚片,如寫於 1083 年暮秋的《十拍子》一詞,就提到「金虀新擣橙香」;製作魚羹時,則不再搗橙橘成泥,而用橘皮切成細絲之法,作為提味的配搭。

蘇軾在黃州，既吃豬肉又吃魚，完全違背了自己的誓言，就算能夠躲開皇帝的耳目，如何解決「食言而肥」的自我欺詐行為呢？蘇軾熟讀聖賢書，當然知道《禮記·大學》說的「正心誠意」。就算《大學》一篇，還沒成為《四書》之一，不必從孩童時期就記誦於心，蘇軾也不可能忘記他尊崇為「文起八代之衰」的韓愈，不可能不想到韓愈在《原道》中再三強調而引述的文字：「古之欲明明德於天下者，先治其國；欲治其國者，先齊其家；欲齊其家者，先修其身；欲修其身者，先正其心；欲正其心者，先誠其意。」發誓吃素不殺生，卻又貪吃，一而再，再而三，控制不住內心食肉的慾望，不能正心誠意，怎麼辦？

　　蘇軾心口不一，經常天人交戰，是他畢生難以擺脫的糾纏。他曾以「名喻」（allegory）的文字形式，寫過《口目相語》（《東坡志林》題作「子瞻患赤眼」）：「余患赤目，或言不可食膾。余欲聽之，而口不可，曰：『我與子為口，彼與子為眼，彼何厚，我何薄？以彼患而廢我食，不可。』子瞻不能決。口謂眼曰：『他日我瘖，汝視物，吾不禁也。」雖然出之以詼諧嘲弄，含義卻很清楚，就是按照醫理，得了赤眼病，是不應該吃魚膾的，然而禁不住口想吃，說出了一番自嘲的歪理：你管你的眼睛，我管我的口。我不管你，你也別來管我；魚

膾還是要照吃的。

（三）食自死物

蘇軾還想出一記妙招，就是「食自死物」，自己不殺，吃已經死的雞鴨魚肉。反正自己沒動手，不算殺生。至於終身吃素的問題，暫時解決不了，先放在一邊，以後再來處理。他在黃州讀《南史隱逸傳》，讀到盧度的經歷，感到心有戚戚：「始興人盧度，字彥章。有道術。少隨張永北侵魏，永敗，魏人追急，淮水不得過。自誓若得免死，從今不復殺生。須臾見兩楯，流來接之，得過。後隱居盧陵西昌三顧山，鳥獸隨之，夜有鹿觸其壁。度曰：『汝勿壞我壁。』鹿應聲去。屋前有池，養魚，皆名呼之，次第取食。逆知死年月，竟以壽終。」蘇軾深有所感，特別指出，「偶讀此書，與余事粗相類，故並錄之。」盧度本來難逃一死，發誓不再殺生而獲救，行為類似自己的遭遇，後來依舊吃魚，而且吃的還是能叫出名字的魚朋友。蘇軾為此寫了《書南史盧度傳》一文，作為自己不殺生卻吃魚吃肉的榜樣：「余少不喜殺生，然未能斷也。近來始能不殺豬羊，然性嗜蟹蛤，故不免殺。自去年得罪下獄，始意不免，既而得脫，遂自此不復殺一物。有見餉蟹蛤者，皆放之江中。雖知蛤在江水無活理，然猶庶幾萬一，便使不活，亦愈

於煎烹也。非有所求覬，但以親經患難，不異雞鴨之在庖廚，不忍復以口腹之故，使有生之類，受無量怖苦爾，猶恨未能忘味，食自死物也。」

蘇軾寫這篇讀書札記，時在剛到黃州不久，聯繫到了自己刻骨銘心的痛苦經驗。先說自己從小不喜歡殺生，然而並沒有把模糊的想法，化作真實的生命實踐，照樣吃豬牛雞鴨、河海生鮮。一直到發生了烏臺詩獄，自己在湖州太守任上被捕，才體悟到生命的脆弱，人與雞犬的差別不大。據《孔氏談苑》記逮捕的情況：「頃刻之間，拉一太守如驅犬雞。此事（祖）無頗目擊也。」他在獄中，自料必死無疑，寫了兩首詩給弟弟蘇轍，當作告別的遺書，請獄卒交給弟弟。其一說，「是處青山可埋骨，他年夜雨獨傷神。與君今世為兄弟，又結來生未了因。」其二說到囹圄獄中，感到殺氣蕭然，像待宰殺再投入滾湯的雞：「柏臺霜氣夜淒淒，風動瑯璫月向低。夢繞雲山心似鹿，魂驚湯火命如雞。」幸而遭貶出獄，從此不想再殺生，因為「以親經患難，不異雞鴨之在庖廚」。

蘇軾剛到黃州，心有餘悸，不殺生的念頭觸發了終身吃素的誓言，向皇帝立下重誓，以示改過之誠。在黃州住久了，逐漸適應了貶謫生活，地方官員與當地讀書人都對他多有照顧，生活安定，也不再害怕了。1082

年春天三月，他甚至打算到沙湖買田定居，遇到陣雨，寫了《定風波》一詞，上闋是：「莫聽穿林打葉聲，何妨吟嘯且徐行。竹杖芒鞋輕勝馬，誰怕？一蓑煙雨任平生。」下闋就瀟灑起來，結尾是：「歸去，也無風雨也無晴。」對人生在世的悲歡離合，對命運的起伏泰否，有了通透豁達的體會，一切隨緣，不再有金馬玉堂的嚮往，也不畏風雨冰霜的侵凌。不怕了，已經是戴罪在身的一介平民，天高皇帝遠，死豬不怕滾水燙了。那麼，還殺生不殺，吃不吃雞鴨魚肉呢？

蘇軾從尊貴的太守跌到社會底層，成了躬耕東坡的農民，不怕歸不怕，內心還是有一桿秤，依舊保有耳濡目染的信念，敬天法祖，貴生愛物。自己不殺生，還是想吃肉，就鼓勵別人動手，自己坐享其成，「食自死物」。他在黃州遇到了氣味相投的太守徐大受（字君猷），經常詩酒唱和，徐為他提供生活所需不說，還會利用官府庖廚，為蘇軾安排珍饈美味。蘇東坡在冬天的時候，（1081 或 1082，學者有爭論），曾經給徐太守寫過一首詩《送牛尾狸與徐使君（時大雪中）》：「風捲飛花自入帷，一樽遙想破愁眉。泥深厭聽雞頭鶻（蜀人謂泥滑滑為雞頭鶻。），酒淺欣嘗牛尾狸。通印子魚猶帶骨，披綿黃雀漫多脂。慇勤送去煩纖手，為我磨刀削玉肌。」這首詩先寫了黃州大雪紛飛，遍地雪泥，筆鋒一

轉，羅列了他想吃的四種美味：雞頭鶻、牛尾狸、通印子魚、披綿黃雀。他自己不殺生，於是給徐太守送去，請他的廚娘巧手烹製。這四味珍饈，值得一一列明：

第一，雞頭鶻。蘇軾因為天降大雪，地面泥滑，從土語「泥滑滑」想到家鄉的山珍雞頭鶻（竹雞），不禁食指大動。《本草綱目》卷四十九「竹雞」條：「蜀人呼為雞頭鶻，南人呼為泥滑滑，皆因其聲也。」

第二，牛尾狸，就是嶺南盛稱的果子狸，又稱玉面狸，冬天極為肥美。《酉陽雜俎》就說到，「洪州有牛尾狸，肉甚美。」《本草綱目‧獸二》解釋得很清楚：「南方有白面而尾似牛者，名牛尾狸，亦曰玉面狸。專上樹，食百果。冬月極肥，人多糟為珍品，大能醒酒。」

第三，通印子魚，在宋代是相當著名的海產。王安石有詩《送張兵部知福州》，有句「長魚俎上通三印」，洪邁《容齋四筆》卷八「通印子魚」引此為據，解釋東坡的詩句：「蓋以福州瀕海多魚，其大如此，初不指言為子魚也。東坡始以『通印子魚』對『披綿黃雀』，乃借『子』字與『黃』字為假對耳。」認為是福州的長魚，蘇軾改名通印子魚，是為了寫詩對仗的安排。陳正敏不以為然，在《遯齋閒覽‧證誤》指出，「蒲陽通應子魚，名著天下。蓋其地有通應侯廟，廟前有港，港中之魚最佳。今人必求其大可容印者，謂之通印子魚。」說了通

應（印）子魚的來歷，並且指出，是天下聞名的美味。莊綽《雞肋篇》卷中：「興化軍莆田縣去城六十里，有通應侯廟，江水在其下，亦曰通應。地名迎仙。水極深緩，海潮之來，亦至廟所，故其江水鹹淡得中，子魚出其間者，味最珍美，上下十數里魚味即異，頗難多得。故通應子魚，名傳天下。而四方不知，乃謂子魚大可容印者為佳。雖山谷之博聞，猶以通印鮆魚為披綿黃雀之對也。至云『鮆魚背上通三印』，則傳者益誤，正可與『一麾』為比矣。以子名者，取子多為貴也。」

第四，披綿黃雀。注解蘇東坡詩文的《施注》說：「黃雀出江西臨江軍，土人謂脂厚為披綿。」其實，就是南方盛稱的禾花雀，到了冬天最為肥美。嶺南人讚不絕口，視為珍味，至今東莞還有「三禾宴」，即是禾蟲、禾花鯉魚、禾花雀。

看起來，蘇軾貶在黃州，名為戴罪監管，依然想方設法，享用肥腴的山珍海味，只是出於好生之德，發自不忍之心，「食自死物」，君子遠庖廚，讓太守的廚娘去打理。他只是保持不殺生的想法，吃素的念頭已經拋之腦後了。

蘇軾的性格有點瀟灑不羈，隨心所欲，卻時常逾矩。他喜歡喝酒，酒量卻淺，很容易就喝醉了。在黃州的時候，想來心情還是鬱悶，與朋友相聚飲酒以消

永日，喝醉的場合不少，醉後難保就不守禮法。何薳（1077-1145）《春渚紀聞》卷六，記《牛酒帖》：「先生在東坡，每有勝集，酒後戲書，以娛坐客，見於傳錄者多矣。獨畢少董所藏一帖，醉墨瀾翻，而語特有味。云：『今日與數客飲酒，而純臣適至，秋熟未已而酒白色，此何等酒也？入腹無贓，任見大王。既與純臣飲，無以侑酒。西鄰耕牛適病足，乃以為羞。飲既醉，遂從東坡之東直出，至春草亭而歸，時已三鼓矣。』所謂春草亭，乃在郡城之外，是與客飲酒，私殺耕牛，醉酒踰城，犯夜而歸。又不知純臣者是何人，豈亦應不當與往還人也？」私殺耕牛、醉酒踰城、犯夜而歸，已經不是吃不吃素、殺不殺生的自我規範，而是違法犯禁的問題，蘇軾居然毫不在乎，目無法紀，猖狂放肆，所以，吃素不殺生，也不是不可逾越的禁令了。

程頤看蘇軾極不順眼，批評蘇軾在黃州「放肆」，在《朱子語類》卷一百三十有所記載：「蘇、程之學，二家時自相排斥，蘇氏以程氏為奸，程氏以蘇氏為縱橫。……《遺書‧賢良》一段，繼之以得意、不得意之說，卻恐是說他（指蘇軾）。坡公在黃州，猖狂放恣，不得志之說，恐指此而言。道夫問：坡公苦與伊洛相排，不知何故？曰：他好放肆，端人正士以禮自持，卻恐他來檢點，故恁詆訾。」程頤是一本正經的理學家，

是倫理道德的守護者，經常要求別人「以禮自持」，否則動輒得咎，自然討厭蘇軾的任性行徑。蘇軾性格豁達詼諧，則覺得程頤整天端着架子，滿口仁義道德，實在迂腐可笑。這種性格與道德標準的差異，造成了後來元祐朝的黨同伐異與排擠傾軋。程頤的門人弟子如朱光庭與賈易，就想方設法告訐蘇軾，讓他在朝廷立不住腳。

蘇軾貶謫黃州期間，一開始心有餘悸，過了一段時間，顯得比較放恣，有時破戒吃肉，卻還存有不殺生之念，並非總是陽奉陰違，鼓勵別人殺生。在黃州期間，他曾多次勸過摯友陳慥（字季常）不要殺生，似乎還影響了陳慥周邊的人。他為陳慥寫《岐亭五首》，在序中提到陳慥盛情接待，他怕老友為他殺生：「余久不殺，恐季常之為余殺也，則以前韻作詩，為殺戒以遺季常。季常自爾不復殺，而岐亭之人多化之，有不食肉者。」第二首詩說到：「我哀籃中蛤，閉口護殘汁。又哀網中魚，開口吐微濕。剖腸彼交病，過分我何得。相逢未寒溫，相勸此最急。」他在黃州期間，與陳慥交往最密切，戒殺的忠言影響了好友，自己也感到籃中蚌蛤與網中魚蝦都很可憐，應該是盡量吃素，不太殺生的。他還舉唐代盧懷慎與晉代王武子為例，說前者以素齋招待朋友，十分簡樸，得以長壽，而後者殺生宴請，以人乳餵養的豬肉食，短命而死。講了一些吃素與饕餮美食的因

果報應，可見蘇軾心底還是覺得不殺生為善。他在黃州偶爾破戒，大概還是抵擋不住美食的誘惑。

（四）劫後口福

　　蘇軾在黃州困居了四年之後，於 1084 年三月受詔量移汝州，得到皇帝的恩准，結束了黃州貶謫的生涯。他一路順長江而下，經過廬山，寫了充滿多元哲思的《題西林壁》一詩：「橫看成嶺側成峰，遠近高低各不同。不識廬山真面目，只緣身在此山中。」顯示了人生在世，境遇不同，體會的人生意義也有所不同，甚至看不透自身的面目。到金陵，拜訪已經退居蔣山的王安石，兩人相對莫逆，居然商議是否在金陵買地，真是「度盡劫波兄弟在，相逢一笑泯恩仇」，想跟過去的政敵當鄰居了。他在金陵大概享用了不少珍饈，還特別寫了《戲作鮰魚一絕》，回味長江鮰魚的美味，不亞於江中的石首魚與河豚：「粉紅石首仍無骨，雪白河豚不藥人。寄語天公與河伯，何妨乞與水精鱗。」蘇軾歷劫歸來，在江南訪親會友，流連太湖一帶的風光與美食，因好友滕元發擔任湖州太守，便與他商量在常州宜興一帶買地，以為定居之所，並向朝廷懇請賜准。他在元祐朝調回汴京，飛黃騰達，一直想着江南令人陶醉的風味，欣賞惠崇和尚畫的春江美景，不禁想到太湖一帶的時令

美味：「竹外桃花三兩枝，春江水暖鴨先知。蔞蒿滿地蘆芽短，正是河豚欲上時。」

蘇軾調回汴京之前，還奉詔擔任了五天的登州太守，到了盛產鮑魚的登萊海邊，寫了《鰒魚行》一詩。在詩中他自己加了注，說王莽與曹操都喜歡吃鮑魚，又說，南北朝期間南北隔絕，南方吃不到鮑魚，一枚可值千金。他到山東登州（今蓬萊），見到盛產鮑魚的駝碁島，魚戶用長鑱從岩壁上採下鮑魚，以供權貴人家享用：「膳夫善治薦華堂，坐令雕俎生輝光。肉芝石耳不足數，醋芼魚皮真倚牆。中都貴人珍此味，糟浥油藏能遠致。割肥方厭萬錢廚，決眥可醒千日醉。三韓使者金鼎來，方壺饋送煩輿台。遼東太守遠自獻，臨淄掾吏誰為材。」鮑魚又稱石決明，有明目之效，在南方十分珍貴，也是京城顯貴鍾愛的奢侈海產。不要說肉芝石耳不能比，醋泡的魚皮也只能靠邊站，無法比擬。他這一趟登州之行，雖然只做了五天太守，卻得享成斛的鮑魚：「吾生東歸收一斛，苞苴未肯鑽華屋。分送羹材作眼明，卻取細書防老讀。」他說自己不學那些鑽營之人，以鮑魚賄賂權貴，而要分送給好友，還寫了封信給滕元發，提到「鰒魚三百枚，聊為土物」。

在元祐年間，蘇軾的官運相當紅火，在汴京升任翰林學士，還兼制誥與侍讀學士。在這期間，他接受過

揚州友人杜介餽贈的䲆尾魚（鮊魚），讓妻子「起斫銀絲鱠」下酒，朦朦朧朧感到回到了江南，浮現了「松江煙雨晚疏疏」。另有東平友人呂行甫送了珍美的子魚給他，讓他十分高興，寫了《走筆謝呂行甫惠子魚》：「臥沙細肋吾方厭，通印長魚誰肯分。好事東平貴公子，貴人不與與蘇君。」注解蘇詩的馮應榴指出，臥沙是比鯽魚小的吹沙魚，肋魚是體型較小的鰣魚，都是美味的水產，通印長魚就是王安石說的福建長魚，多子美味，體型大者是權貴的禁臠。可見，蘇軾當了翰林學士之後，不再侈言吃素，山珍海味都盡情享用了。

（五）嶺南食事

蘇軾命途多舛，好日子沒過幾年，又捲入朝廷的政治鬥爭，終於連接遭貶，一路流放到嶺南惠州與海南島。他在惠州的時候，顯然沒有斷殺，不過，一想到吃雞，就難免回憶起烏臺詩獄自己的遭遇，「魂驚湯火命如雞」。所以他晚年吃雞，曾寫了《薦雞疏》一文，向上蒼表明，雖然他忘不了雞肉的美味，想要滿足口腹之慾，但也會念經懺悔業念，為殺雞祈求佛祖慈悲，讓遭難的雞隻永離湯火之厄，輪迴轉世，得生人天：「罪莫大於殺命，福莫大於誦經。某以業緣，未忘肉味。加之老病，困此蒿藜。每剪血毛，以資口腹。懼罪修善，

施財解冤。爰念世無不殺之雞，均為一死；法有往生之路，可濟三塗。是用每月之中，齋五戒道者莊悟空兩日，轉經若干卷，救援當月所殺雞若干隻。伏望佛慈，下憫微命，令所殺雞，永離湯火，得生人天。」

南宋葛立方《韻語陽秋》卷十七說：「東坡在海南，為殺雞而作疏。」晚明袁中道《珂雪齋集》亦記此疏，以為是在惠州所作：「東坡學佛，而口饞不能戒肉。至惠州，尤終日殺雞。既甘其味，又虞致罪，故每日轉兩輪經，救當月所殺雞命。其疏云；『世無不殺之雞，均為一死』，尤可笑。世雖無不殺之雞，何必殺自我出？」袁中道顯然是讀了蘇東坡的文章，感到東坡既要吃雞，又想解除罪愆，誦經救贖，極其可笑。在《蘇軾文集》中，此文列在《惠州薦朝雲疏》之後，可能是在惠州之作，但袁中道讀書並不仔細，東坡原文是每月齋五戒道者兩日，轉經若干卷，他卻誤讀成「每日轉兩輪經」。且不管古人讀書仔細不仔細，東坡此文「尤可笑」之處，是「爰念世無不殺之雞，均為一死；法有往生之路，可濟三塗」。既想吃雞，必須殺生，又想着好生之德，念經超度。東坡居士面臨的尷尬局面，居然是以愚夫愚婦燒香拜佛的方式，自我哄騙來解決，也不知道這算不算豁達人生的處世之道。不過，他也寫過《僧自欺》一文，是有自知之明的。

蘇東坡在惠州，不但寫了令人啼笑皆非的《薦雞疏》，還寫了一篇《食雞卵說》，也涉及了殺生作孽的問題。先是探討殺生的理論問題，說：「水族痴暗，人輕殺之。或云，不能償冤。是乃欺善怕惡。殺之，其不仁甚於殺能償冤者。」講的是生物物種有高低等級，水產類比較低等愚笨，受人輕視，有人覺得殺了也不會遭到報應，其實不該如此，因為這種態度是欺善怕惡。欺負低等愚笨的生物，是欺負弱者，比殺了能夠報應償冤的物種，還要壞，更沒有仁人之心。然後他說到，好友李公擇告訴他，沒有受過精的雞蛋不算生物，吃了不算殺生。東坡說，他不贊成這個說法，認為「凡能動者，皆佛子也……而謂水族雞卵可殺乎？但吾起一殺念，則地獄已具，不在其能訴與不能訴也」。他在理論上完全站在佛家慈悲的立場，反對一切殺生行為，但在實際上又做不到，感到十分慚愧，只能向佛懺悔，不再開戒：「吾久戒殺，到惠州，忽破戒，數食蛤蟹。自今日懺悔，復修前戒。今日從者買一鯉魚，長尺有咫，雖困，尚能微動，乃置之水甕中，須其死而食，生即赦之。聊記其事，以為一笑。」他堅持只吃「自死肉」的原則，自己也覺得好笑。

蘇軾在惠州寫信給弟弟蘇轍，說到惠州吃羊不容易：「惠州市井寥落，然猶日殺一羊，不敢與仕者爭買，

時囑屠者買其脊骨耳。骨間亦有微肉，熟煮熱漉出（不乘熱出，則抱水不乾。）漬酒中，點薄鹽炙微燋食之。終日抉剔，得銖兩於肯綮之間，意甚喜之。如食蟹螯，率數日輒一食，甚覺有補。子由三年食堂庖，所食芻豢，沒齒而不得骨，豈復知此味乎？戲書此紙遺之，雖戲語，實可施用也。然此說行，則眾狗不悅矣。」（《蘇軾文集》卷六十）東坡在此說到的羊脊骨，也就是今天膾炙人口的羊蠍子，他和弟弟打趣，說剜剔脊骨的碎肉，像是剔出螯間的蟹肉一樣，雖然只得銖兩，但樂趣無窮。他告訴弟弟，這個吃自死肉的方法可行，但不能廣為流傳，否則狗子就不高興了。最後一句，當然是隱含了他想罵的狗輩。

東坡貶謫到海南島時，弟弟蘇轍也貶到雷州半島，聽說弟弟身體消瘦，他寫了《聞子由瘦》，自注「儋耳至難得肉食」，顯然是滿心想着吃肉。詩的前半段是這麼寫的，吐露了吃貨的心聲：「五日一見花豬肉，十日一遇黃雞粥。土人頓頓食藷芋，薦以薰鼠燒蝙蝠。舊聞蜜唧嘗嘔吐，稍近蝦蟆緣習俗。」豬肉與雞肉難得，只好遷就當地習俗，吃一些野味如薰鼠、蝙蝠、蝦蟆等等。他還感慨，沒東西好吃的時候，只能將就了：「人言天下無正味，蝍蛆未遽賢麋鹿。」研究飲食史的逯耀東推測，「薰鼠」可能是果子狸；而「蜜唧」是剛出

胎、通耳赤蠕的小鼠仔，因為以蜜飼養，臨吃時還蹣蹣爬行，用筷子夾起來，咬下去唧唧作響，所以這道菜叫「蜜唧」。其實，薰鼠不是果子貍，是以田鼠薰製作的臘味，迄今還流行在嶺南地區；而蜜唧是初生鼠仔沒錯，卻不是以蜜飼養，而是蘸著蜜吞食的。

蘇東坡在海南面臨的處境極其惡劣，朝中政敵對他的迫害也變本加厲，好在他天性有豁達詼諧的一面，甚至以自嘲作為精神解脫之法。殺生不殺生，已經不是生存考慮的問題，首要的生存條件是有的吃，有什麼吃什麼。沒有豬肉吃薯蕷，沒有雞肉吃薰鼠。蝙蝠、蛤蟆、蜜唧、蛆蟲，不但可吃，還可入詩，也真令人佩服東坡的幽默與大度。他在海南儋州最後的時光，寫過《食蠔》一文：「己卯（1099）冬至前二日，海蠻獻蠔。剖之，得數升，肉與漿入水，與酒並煮，食之甚美，未始有也。又取其大者炙熟，正爾啖嚼，又益（於）煮者。海國食口蟹口螺八足魚，豈有獻口。每戒過子慎勿說，恐北方君子聞之，爭欲為東坡所為，求謫海南，分我此美也！」（見《大觀錄》卷五，文字有殘缺；《蘇軾文集》收入《佚文彙編》卷六）美味的鮮蠔，與肉和漿水加酒同煮，是鮮美的蠔仔粥；碩大的鮮蠔，燒烤而食，味道更勝於煮蠔。蘇軾吃得高興，大為感慨，海南居然有如此珍味海鮮，而且還有螃蟹、螺螄、八爪魚，是朝

廷顯貴吃不到的。不禁自嘲起來，説自己經常告誡兒子蘇過，千萬不要告訴別人此處海鮮之美，否則那些北方的高官聽到了，人人都爭求貶謫到海南，搶着分吃我的美味。雖然是帶著苦澀的笑話，但滿足了口腹之慾，還能戲弄一下當權者，可算是宋朝的「精神勝利法」。

蘇軾貪吃又會吃，曾經寫過《老饕賦》，描述美食給他帶來的愉悦。前半段可以看出他真是懂得吃：「庖丁鼓刀，易牙烹熬。水欲新而釜欲潔，火惡陳（江右久不改火，火色皆青。）而薪惡勞。九蒸暴而日燥，百上下而湯鏖。嚐項上之一臠，嚼霜前之兩螯。爛櫻珠之煎蜜，溻杏酪之蒸羔。蛤半熟而含酒，蟹微生而帶糟。蓋聚物之夭美，以養吾之老饕。」後半段則寫宴飲的場合，要有美女彈琴，仙姬歌舞，用南海的玻璃杯盛西域的葡萄酒，酒足飯飽之後，還要煮茗逃禪，欣賞沫餑乳花浮現於建窯兔毫茶盞。蘇軾所列的菜餚，可以視為名菜的食譜：豬肉要嚐豬頸肉，螃蟹要吃霜降之前的肥螯，櫻桃要蜜漬，蒸羊羔要用杏酪，蚌殼要半熟含酒，螃蟹要半生糟腌的燴蟹，鮮腴美味，才能滿足東坡先生這位老饕。

《曲洧舊聞》卷五記載，蘇東坡在海南：「與客論食次，取紙一幅，書以示客云：爛蒸同州羊羔，灌以杏酪，以匕不以箸；南都麥心麵，作槐芽溫淘，滲以襄邑

抹豬，炊共城香粳，薦以蒸子鵝；吳興庖人斫松江鱠。既飽，以廬山康王谷簾泉，烹曾坑鬥品茶。少焉，解衣仰臥，使人誦東坡先生《赤壁前後賦》，亦足以一笑也。東坡在儋耳，獨有二賦而已。」（亦見於《稗海》本《東坡志林》卷八）另有說指出，這是黃庭堅的說法（見趙令時《侯鯖錄》），因為文章中提到「使人誦東坡先生《赤壁前後賦》」，蘇軾自己不會這麼說的。其實是誤會了，東坡先生時常自稱東坡先生，有時則說自己是東坡居士，一點都不奇怪。何況結尾說到，「東坡在儋耳，獨有二賦而已」，也就是上述的珍饈美味，貶謫海南，可望不可即，只好自己吟誦《赤壁前後賦》，說說清風明月，是造物者之無盡藏。

蘇軾一生隨遇而安，頗有五柳先生「銜觴賦詩，以樂其志」的遺風，對吃素這個問題，已經進入塑造公案的禪悅境界，在「不求甚解」之中自我調侃而沉醉。他的《禪戲頌》說：「已熟之肉，無復活理。投在東坡無礙羹釜中，有何不可？問天下禪和子，且道是肉是素，吃得是吃不得是？大奇大奇，一碗羹，勘破天下禪和子。」

蘇軾經歷了烏臺詩獄，曾向宋神宗發誓，感謝不殺之恩，要終身吃素，遵守諾言了嗎？答案是，沒有。他嘴饞，又不想違背諾言，就想出「不殺生」這一招，君

子遠庖廚，只吃已死動物的肉，在精神上也算達到吃素的目的。吃了雞鴨魚肉，心裏感到惴惴不安，就念經超度，卻斷不了俗念，只好自嘲，還上升到禪悟的境界，未免令禪和子失笑，難怪會出現佛印禪師「八風吹不動，一屁過江來」的傳說。蘇軾吃素不殺生的經歷，也真令人感慨繫之。

蘇東坡祈雨禱晴

（一）祈雨恭迎張龍公

蘇軾在元祐六年（1091）秋天，以龍圖閣學士之銜，外放到潁州（今安徽阜陽）擔任知州，也就是綜管軍民事務的太守。到了初冬時節，潁州久旱不雨，蘇軾作為地方首長就有了一場祈雨的活動。東坡在潁州的時間並不長，只有半年多一點，卻有不少詩文與這次祈雨有關，顯然是當時的一件重大活動。祈雨的結果，得了一場雨雪，應該算是上蒼護佑，讓這位新到任的第一把手顯示了澤惠百姓的成果，很是件風光的事跡。

關於這件事跡，蘇軾的《禱雨帖》敘述得很清楚。不過，坊間所見的釋文，錯誤甚多，我從原帖的影印件重新迻錄如下：

元祐六年十月，潁州久旱，聞潁上有張龍公神祠，極靈異，乃齋戒遣男迨與州學教授陳履常往禱之。迨亦頗信敬，沐浴齋居而往。明日，當以龍骨至，天色少變，庶幾得雨雪乎？廿六日，軾書。廿八日，會景貺、履常、二歐陽，作詩云：「後夜龍作雲，天明雪填渠。夢回聞剝啄，誰呼趙、陳、

予？」景貺拊掌曰：「句法甚親，前人未有此法。」
季默曰：「有之。長官請客吏請客，目曰『主簿、
少府、我』。即此語也。」相與笑語。至三更歸時，
星斗燦然，就枕未幾，而雨已鳴簷矣。至朔旦日雪
作，五人者復會於郡齋。既感歎龍公之威德，復嘉
詩語之不謬。季默欲書之，以為異日一笑。是日，
景貺出迫詩云：「吾儕歸臥髀肉裂，會有攜壺勞行
役。」僕笑曰：「是兒也，好勇過我。」

《禱雨帖》有兩個部分，一是十月二十六日寫的，
記他聽說潁州有張龍公神祠，祈雨很靈驗，於是齋戒之
後派遣兒子蘇迨與潁州州學教授陳師道（履常）去祈
禱。請出廟中所藏的龍骨，天色開始變化，似乎會有雨
雪。第二部分説的是兩天以後，與趙令時（字景貺）、
陳師道、二歐陽（歐陽修的兩個兒子，歐陽棐字叔弼、
歐陽辯字季默），一共五個人歡聚作詩。蘇軾在詩中期
望當夜會有雨雪，結果到了十一月朔日，真的雨雪降
臨。五人再度相聚於郡府，都驚歎龍公之靈驗。趙令
時還展示蘇迨的詩句「吾儕歸臥髀肉裂，會有攜壺勞
行役」，為祈雨跑得精疲力竭，渾身酸痛，真是辛苦萬
分。可見大家都歡欣鼓舞，慶祝祈雨成功，蘇軾也讚揚
了兒子的辛勤貢獻。

蘇軾聽說潁州有張龍公神祠，很靈驗，他是怎麼知道的呢？是因為旱災嚴重，從當地官員父老詢問得知，還是張龍公神祠早已聲名在外，他本來就已聽說？關於這一點，可以從他的老師歐陽修的行止與文章看出端倪。歐陽修於皇祐元年（1049）從揚州移知潁州，寫了許多喜愛潁州的詩文，同時擴建了潁州西湖。他在熙寧四年（1071）以太子少師榮銜致仕，沒有歸老家鄉，卻是寓居潁州終老。蘇軾到杭州任通判，上任途中還特別到潁州去探望老師，非常清楚歐陽修與潁州的關係，熟悉定居在潁州的歐陽修兒孫，當然更熟讀過歐陽修的詩文。

歐陽修喜歡收集碑文，編輯過《集古錄》（即《集古錄跋尾》），此書卷十，記《張龍公碑》，說到碑文為趙耕所撰，內容是：

> 君諱路斯，潁上百社人也。隋初明經等第，景龍中為宣城令。夫人關州石氏，生九子。公罷令歸，每夕出自戍，至丑歸，常體冷且濕。石氏異而詢之，公曰：『吾龍也。蓼人鄭祥遠亦龍也，騎白牛，據吾池，自謂鄭公池。吾屢與戰，未勝。明日取決，可令吾子挾弓矢射之。繫鬣以青綃者鄭也，絳綃者吾也。』子遂射中青綃。鄭怒，東北去，投

合肥西山死，今龍穴山是也。由是公與九子俱復為龍。亦可謂怪矣。余嘗以事至百社村，過其祠下，見其林樹陰蔚，池水窈然，誠異物之所託。歲時禱雨，屢獲其應，汝陰人尤以為神人。

這篇碑記指出，張龍公本名張路斯，是潁州本地人，夫人是關州石氏。張路斯原來是一條龍，而且與民間傳說龍生九子一樣，有九個龍子，幫着他趕走前來霸佔本地龍池的鄭龍。地方人士向張龍公祈雨，屢次靈驗，為他建了神祠。歐陽修雖然沒有表明自己的信仰，卻詳細記載了地方傳說，還說潁州人對張龍公降雨的靈異極為虔誠。

蘇軾祈雨活動的前後，寫了許多相關詩文，其中一篇是《昭靈侯廟碑》，文字前段幾乎全同於歐陽修上述碑記，並且說：「事見於唐布衣趙耕之文，而傳於淮潁間父老之口，載於歐陽文忠公之《集古錄》云。」蘇軾顯然從老師的文章中知道張龍公，在昭靈侯廟碑中也提到，張龍公十分靈驗，是地方廣為流傳的信仰，「自淮南至於蔡、許、陳、汝，皆奔走奉祠。」神宗熙寧年間，詔封張龍公為昭靈侯、石氏為柔應夫人，成了政府正式認可的神祇。蘇軾祈雨成功，更是帶領吏民，重修了祠廟，寫了廟銘，其中有句：「上帝寵之，先帝封之，

昭於一方，萬靈宗之。」看來蘇軾也相信張龍公祈雨的神跡。

關於張龍公的名諱，宋朝人曾有過爭議。米芾《辯名志》就自作主張，說蘇東坡錄的《張龍公碑》碑文，應該斷句為「公名路」，說張龍公姓張名路，不叫「張路斯」。王明清《揮麈後錄》卷六，通過自己親身經歷的實地考察，認為米芾的判斷是空穴來風，毫無根據：

> 米元章作《辯名志》刻於後云：「豈有人而名路斯者乎？蓋蘇翰林，憑舊碑，『公名路』，當是句斷，『斯潁上人也』，唐人文贅多如此。」米刻略云爾。明清比仕寧國，因民訟，度地四至，有宣城令張路斯祠堂基者。坡碑言侯嘗任宣城令，則知名『路斯』無疑，元章辯之誤矣。明清向入壽春幕，嘗以職事走沿淮，有昭靈行祠，而六安縣有鄭公山，山下有龍穴，今涸矣，乃與公所戰者鄭祥遠也。因並記之。

明確指出，他在宣城發現了紀念張路斯的祠堂基礎，證實當年的宣城令就叫張路斯。他又曾沿淮考察，發現了蘇軾說到的昭靈行祠，還有被張龍公打敗的鄭龍的遺跡，是地方廣為流傳的仙靈故事。米芾憑着自由心

證做出的判斷，是錯誤的。

《禱雨帖》說到，蘇軾為了紓解民困，按照傳統的方式，向能夠興風作雨的張龍公祈雨，安排了屬下陳師道（時任穎州州學教授）與兒子蘇迨，在十月二十五日到張龍公神祠，向神靈禱雨。他並未事先大張旗鼓，帶領民眾進行祈雨活動，只是派了代表，獻上《祈雨迎張龍公祝文》：

> 維元祐六年，歲次辛未，十月丙辰朔，二十五日庚辰，龍圖閣學士左朝奉郎知穎州軍州事蘇軾，謹請州學教授陳師道，並遣男承務郎迨，以清酌庶羞之奠，敢昭告於昭靈侯張公之神。稽首龍公，民所祇威。德博而化，能潛能飛。食於穎人，淮穎是依。受命天子，命服有輝。為國庇民，凡請莫違。歲旱夏秋，秋穀既微。冬又不雨，麥槁而腓。閔閔農夫，望歲畏饑。並走群望，莫哀我歉。於赫遺蛻，靈光照幃。惠肯臨我，言從其妃。翩舞雩詠，薦其潔肥。雨雪在天，公執其機。游戲俯仰，千里一麾。被及淮甸，三輔王畿。積潤滂流，浹日不晞。我率吏民，鼓鐘旄旗。拜送於郊，以華其歸。尚饗。

迎神的祝文寫得鏗鏘有力，説張龍公是本地神祇，能夠上天下地，飛天潛水，護佑潁州人民。這次旱災從夏秋延續到冬天，麥苗枯槁，農夫生計無依，還盼龍公普降雨雪，拯救百姓，庶免饑荒。

（二）龍公試手初行雪

祈雨回來，到了十月二十八日，蘇軾與趙令畤、陳師道造訪歐陽棐新建的書齋之後，寫了《與趙、陳同過歐陽叔弼新治小齋，戲作》一詩，先是感歎自己奔波江湖，羨慕歐陽棐新建的書齋，隨後説到祈雨的結果：

> 江湖渺故國，風雨傾舊廬。東來三十年，愧此一束書。尺椽亦何有，而我常客居。羨君開此室，容膝真有餘。拊床琴動搖，弄筆窗明虛。後夜龍作雨，天明雪填渠。（自注：時方禱雨龍祠，作此句時星斗燦然，四更風雨大至，明日乃雪。）夢回聞剝啄，誰呼（乎）趙、陳、予。添丁走沽酒，通德起挽蔬。主孟當啖我，玉鱗金尾魚。一醉忘其家，此身自籧篨。

看來這首詩不是一次寫完的，因為其中敘述了寫詩的過程，先是感慨自己為宦三十年，奔波四方，沒有

定居的所在，羨慕歐陽棐書齋的整潔寬敞，窗明几淨。然後希望夜裏降雨，天明有雪，自己還加了注，說到寫詩的時候星斗燦然，到了四更風雨大作，第二天開始降雪，印證了他在詩中的冀望。再來繼續寫道，大家重聚在歐陽家中，僕從去沽酒，侍妾去買菜，主婦下廚房，有吃有喝，還有金尾巴鯉魚作為佳餚，最後喝得大醉，連家都忘了回。

蘇軾隨後寫了《聚星堂雪并引》，其中提到：「元祐六年十一月一日，禱雨張龍公，得小雪，與客會飲聚星堂。忽憶歐陽文忠作守時，雪中約客賦詩，禁體物語，於艱難中特出奇麗，爾來四十餘年莫有繼者。僕以老門生繼公後，雖不足追配先生，而賓客之美殆不減當時，公之二子又適在郡，故輒舉前令，各賦一篇，以為汝南故事云。」蘇軾祈雨有功，高興得不得了，邀請了同僚友朋一起，在歐陽修知潁州所建的聚星堂慶祝，寫詩唱和。想起當年歐陽修在潁州作《雪》詩，規定不許用「玉、月、梨、梅、練、絮、白、舞、鵝、鶴、銀」這樣的「體物語」（描摹形容語），作為歐陽的老門生，又有歐陽修的兩位公子在座，蘇軾要求大家依律寫詩，繼承歐陽修留給潁州的風雅傳統。他自己先寫了這樣一首：

窗前暗響鳴枯葉，龍公試手初行雪。映空先集疑有無，作態斜飛正愁絕。眾賓起舞風竹亂，老守先醉霜松折。恨無翠袖點橫斜，祗有微燈照明滅。歸來尚喜更鼓永，晨起不待鈴索掣。未嫌長夜作衣稜，却怕初陽生眼纈。欲浮大白追餘賞，幸有回飆驚落屑。模糊檜頂獨多時，歷亂瓦溝裁一瞥。汝南先賢有故事，醉翁詩話誰續説。當時號令君聽取，白戰不許持寸鐵。

這首詩先説龍公出手，呼風喚雪，招來鳴響的風聲，眾人一開始還有點懷疑，再來就興奮得像叢竹一樣，迎風起舞。太守高興萬分，喝得爛醉，像霜雪壓折了松枝。可惜沒有紅衫翠袖前來侑酒，只有微燈在暗夜風中明滅閃動。第二天早上起來，且不管長夜降雪是否凍硬了衣裳，却怕太陽初升映着雪光，照得眼睛發花。還想再喝一大杯酒，來慶祝飆風吹落漫天的雪花。積雪多時模糊了檜樹的頂端，一眼望去，溝渠都鋪滿了歷亂的白雪。這真是歐陽修詠雪故事的重演，不用體物語，續説白描雪景的傳承。其實這種設了限制的作詩法，顯示了蘇軾掌握辭藻的本領，絕不容易模仿。胡仔在《苕溪漁隱叢話》前集卷二十九就説：「自二公（歐陽修、蘇軾）賦詩之後，未有繼之者，豈非難於措筆乎？」

雨雪連續了「浹旬」，解救了旱魃之災。到了十一月十日，蘇軾特別寫了《送張龍公祝文》，感謝龍公行雨十天，「再雨一雪，既洽且均。」再一次派遣陳師道與蘇迨去神祠上香，把龍公送走：

> 維元祐六年，歲次辛未，十一月乙酉朔，十日甲午，龍圖閣學士左朝奉郎知潁州軍州事兼管內勸農使輕車都尉賜紫金魚袋蘇軾，謹以清酌庶羞之奠，敢昭告於昭靈侯張公之神。赫赫龍公，甚武且仁。赴民之急，如謀其身。有不應祈，惟汝不虔。我自洗濯，齋居誠陳。旱我之罪，勿移於民。公顧聽之，如與我言。玉質金相，其重千鈞。惠然肯來，期者四人。眷此行宮，為留浹辰。再雨一雪，既洽且均。何以報之，榜銘皆新。詔公之德，於億萬年。惟師道、迨，復餞公還。諮爾庶邦，益敬事神。尚饗。

祝文特別感謝了張龍公普降雨雪，解救民困，恩重如山。潁州官民一定好好報答，一新神祠，樹立榜匾銘文，昭明張龍公的靈驗，彰顯神靈澤被於民的功德，以垂芳萬世。

負責祈雨送神的陳師道，來回跋涉之後，寫了《龍

潭》一詩：「清淵下無際，落日回風瀾。凜然毛髮直，敢以笑語干。坡陀百尺台，蔥翠萬木蟠。驚飆振積葉，清霜作朝寒。水旱或有差，精禱神其難。魚龍同一波，信有水府寬。向來三日雨，賴子一據鞍。何以報嘉惠，寒瓜薦金盤。萬口待一飽，歸臥神其安。猶須雪三赤（尺），盛意莫得闌。」（《後山居士文集》卷四）詩中描繪的龍潭，就是張龍公與鄭龍戰鬥搶奪的龍池，其旁建有張龍公神祠，淵深清冷，令人蕭然起敬，不敢高聲笑語。詩中形容的「蔥翠萬木蟠」「驚飆振積葉」，也就是《張龍公碑》所說的「林樹陰蔚，池水窈然」。降雨三天之後，還能繼續雪深三尺，祈雨成功，特地前來報備獻祭，讓老百姓免除旱災之苦。

蘇軾也非常滿意龍公的恩澤，和了一首《次韻陳履常張公龍潭》：「明經宣城宰，家此百尺瀾。鄭公不量力，敢以非意干。玄黃雜兩戰，絳青表雙蟠。烈氣斃強敵，仁心惻饑寒。精誠禱必赴，苟簡求亦難。蕭條麥麩枯，浩蕩日月寬。念子無吏責，十日勤征鞍。春蔬得雨雪，少助先生盤。龍不憚往來，而我獨宴安。閉閣默自責，神交清夜闌。」敘述了張龍公的來歷，說到他與鄭龍戰鬥的慘烈經過，就如《易經·坤卦》「上六爻」所說的「龍戰於野，其血玄黃」。張龍公戰勝，成了潁州的守護神，對潁州人民懷有惻隱之心，只要百姓精誠祈

禱，敬備祭禮，都會澤被蒼生。這次旱災，煩勞龍公出馬，奔馳了十天之久，降臨了甘霖，解決了民困，使我得以享受安逸的宴會之樂，實在問心有愧，感激神靈。

此時蘇軾的好友劉季孫（字景文）恰好從杭州來訪，讓他高興萬分，寫了《喜劉景文至》一詩，其中說到，「我聞其來喜欲舞，病自能起不用扶。江淮旱久塵土惡，朝來清雨濯鬢鬚。」劉景文到達潁州，剛好祈雨成功，開始落雨，真是喜從天降。劉景文受到喜氣的感染，寫了一首慶賀禱雨應驗的詩，蘇軾也和了一首《禱雨張龍公，既應，劉景文有詩，次韵》：

　　張公晚為龍，抑自龍中來。伊昔風雲會，咄嗟潭洞開。精誠苟可貫，賓主真相陪。洞簫振羽舞，白酒浮雲罍。言從關州妃，遠去焦氏臺。傾倒瓶中雨，一洗麥上埃。破旱不論功，乘雲却空回。嗟龍與我輩，用意豈遠哉。使君今子義，英風冠東萊。笑說龍為友，幽明莫相猜。

又重複了一遍張龍公的傳說，說到當年兩條龍的風雲大戰，留下可以禱雨的龍潭。詩中提及的「關州妃」與「焦氏臺」，一是張龍公的夫人，二是張龍公神靈的居所。蘇軾在《昭靈侯廟碑》中，除了引用《張龍公

碑》的文字，還講到張路斯罷官回到潁州：「自宣城罷歸，常釣於焦氏臺之陰。一日，顧見釣處有宮室樓殿，遂入居之。」這個焦氏臺，也就是後來鄉民建造神祠的所在。蘇軾感激龍公降雨，同時歡迎好友來訪，好像張龍公與劉景文惺惺相惜，有什麼幽明未知的聯繫，總之值得讚頌。

（三）禱晴還需「洋和尚」

豈料好景不長。夏秋延續到初冬的旱情，因為張龍公顯靈，到了陰曆十一月初終於降雨，沒想到的是，張龍公的威力超過了蘇軾的預期，浹旬之後，雖然暫晴了幾天，雨雪並未停止。劉景文在潁州停留了十天，開始遭遇肆虐的雪情，寫了首五律賦雪，蘇軾也和了一首《和劉景文雪》：「占雨又得雪，龜寧欺我哉？似知吾輩喜，故及醉中來。童子愁冰硯，佳人苦膠杯。那堪李常侍，入蔡夜銜枚。」顯示蘇軾擔心天寒地凍之際，晴雨變化難測，才高興了幾天，又怕會有雪災。就身在官府的個人來說，是「童子愁冰硯，佳人苦膠杯」，令人擔憂的則是，風雪突如其來，就像唐代的李愬銜枚行軍，突然入侵蔡州那樣，使人措手不及。

關於元祐六年十二月大雪一事，陳師道有《連日大雪，以疾作不出，聞蘇公與德麟同登女郎亭》一詩：「掠

地衝風敵萬人，蔽天密雪幾微塵。漫山塞壑疑無地，投隙穿帷巧致身。映積讀書今已老，閉門高臥不緣貧。遙知更上湖邊寺，一笑潛回萬寶春。」漫天密雪，鋪滿大地，無法外出，只能閉門讀書，這才知道龍湖神靈的厲害。蘇軾接着寫了《次韻陳履常雪中》：「可憐擾擾雪中人，飢飽終同寓一塵。老檜作花真強項，凍鳶儲肉巧謀身。忍寒吟詠君堪笑，得暖謹呼我未貧。坐聽屨聲知有路，擁裘來看玉梅春。」

大雪肆虐，令人憂心，時任潁州簽判的趙令時在《侯鯖錄》卷四，有詳細的記載：

元祐六年，汝陰久雪。一日天未明，東坡來召議事，曰：「某一夕不寐，念潁人之飢，欲出百餘錢，造餅救之。老妻謂某曰：『子昨過陳，見傳欽之，言簽判在陳賑濟有功，何不問其賑濟之法？』某遂相召。」余笑謝曰：「已備之矣。今細民之困，不過食與火耳。義倉之積穀數千碩，可以支散以救下民；作院有炭數萬稱，酒務有餘柴數十萬稱，依原價賣之，二事可濟下民。」坡曰：「吾事濟矣。」遂草放積穀賑濟奏檄上臺寺。教授陳履常聞之，有詩（見上引詩），坡次韻曰（見上引詩），予次韻曰：「坎壈中年坐廢人，老來貂鼎視埃塵。鐵霜帶

面惟憂國，機穽當前不為身。發廩已康諸縣命，蠲逋一洗幾年貧。歸來又掃寬民奏，慚愧毫端爾許春。」

　　蘇軾找趙令時前來議事，顯示了他有未雨綢繆的憂患意識，對雪災有充分的估計與準備，希望有經驗的趙令時能夠妥善安排賑濟的方案。趙令時也不負所託，早有積穀防饑的預案，還安排了取暖炊食的柴炭。蘇軾為此草擬了《乞賜度牒糶斛斗準備賑濟淮浙流民狀》，上書朝廷，其中提到「今秋廬、濠、壽等州皆饑，見今農民已煎榆皮，及用糠麩雜馬齒莧煮食」。饑民已經吃起草根樹皮，開始南下潁州，所以要防患於未然，保持常平糴米，認為「常平錢米，只許糴糶外，不得支用」，以備災荒來臨，可以賑濟本地饑民。他還指出，潁州管有一批軍糧，按規定可以「許估定價例出糶」，上繳不足就應當撥款入糴。「其餘小麥、菉豆、粟米、豌豆可以奏請擘畫錢物，盡數兌糴，準備賑濟流民。」他預計，「來年春夏必有流民。而潁州正當南北孔道，萬一扶老攜幼，全集境內，理難斥遣。若饑斃道路，臭穢薰蒸，饑民同被災疫之苦。弱者既轉溝壑，則強者必聚為寇盜。」為了解決即將發生的災難，他特別舉出了一項賑災的具體辦法：「乞特賜度牒一百道，委臣出賣，將

錢兌買前件小麥、粟米、菉豆、豌豆四色，封樁斛斗，候有流民到州，逐放支給賑濟。如至時卻無流民，自當封樁度牒價錢，別聽朝廷指揮。」這個「特賜度牒一百道」的辦法，他以前在杭州也曾用過，賣給出家人作為身份證明，可以換取不少收入，用來收糴糧食，以備賑濟之用。

到了第二年正月，雖然潁州沒發生饑荒，南來的流民也未曾造成社會動盪，卻「大雪過度」，雪後接着陰雨不斷，出現了澇災。無計可施之際，只好再度求神拜佛，祈禱雪霽天晴。張龍公是呼風喚雨的神祇，放晴不能靠他，怎麼辦呢？

蘇軾在《乞賜光梵寺額狀》中說，「今年正月，大雪過度，農民凍餒無所，祈禱境內諸廟未應。聞父老以佛陀波利為言，臣即遣人齎香禱請，登時開霽。」到處求神都不靈，最後求了洋和尚佛陀波利的神靈，才止住了綿綿雨雪。蘇軾派趙令時到白馬村的光梵寺禱晴，特別撰寫了一篇《祭佛陀波利祝文》：「積雪始消，陰沴再作。小民無辜，弊於饑寒。草木昆蟲，悉罹其虐。並走群望，祈而未報。意雨霽有數，非神得專。惟我大士含法分，無為不入塵數。願以大解脫力，作不可思議事。愍此無生，豁然開明。盡二月晦，雨雪不作。大拯羸餓，以發信根。此大布施，實無限量。惟大士念之。」

這篇祝文寫得十分懇切，說到小老百姓因為天地陰陽不調，淫雨大作，饑寒交迫，草木昆蟲都遭受禍害。希望佛陀波利「以大解脫力，作不可思議事」，在二月底之前發揮神力，雨霽天晴，拯救黎民百姓。

禱晴之後，蘇軾給趙令時寫了封信，從中可以看到，趙令時冒雪奔波，身體感到不適，居家不出。蘇軾特別致信問候：「數日不接，思渴之至。衝冒風雪，起居如何？端居者知愧矣。佛陀波利之虐，一至此耶？乃知退之排斥，不為無理也。呵呵。酒二壺迎勞，唯加鞭，加鞭。」（《蘇軾文集》卷五十二）蘇軾與趙令時交情不錯，信也寫得詼諧，很抱歉自己端坐家中，差遣趙令時冒着風雪到白馬村禱晴，因而染病。筆鋒一轉，居然調侃起佛陀波利，說都是外國神祇害的，難怪韓愈當年要排佛，也有幾分道理。呵呵了一陣，送上兩壺酒，希望好友努力加餐，身體安康。

蘇軾為了禱晴，會挑上佛陀波利的神靈，是因為境內其他神祇沒有反應，四處打聽，才得到的民間傳聞。他在《乞賜光梵寺額狀》中說到，「父老相傳佛陀波利本西域僧……於潁上亡沒，里俗相與漆塑其身，造塔供養，時有光景，頗著靈驗……臣於諸處見唐人所立《尊勝石幢刊記》本末，與所聞父老之言頗合。」《開元釋教錄》卷九、《宋高僧傳》卷三，都記載說，佛

陀波利是唐朝時期的北印度罽賓國人，聞知文殊師利在五台山清涼寺，於是來到中國，曾譯《佛頂尊勝陀羅尼經》，在潁州過世，白馬村建有真身佛塔的寺廟。廟是地方小廟，神靈是沒有敕封的神祇，屬於民間信仰不受重視的底層崇拜。潁州境內的神廟都不靈，看來是走投無路了，蘇軾才向佛陀波利去禱晴，沒想到卻靈了。既然靈驗，就是關心民瘼，為百姓辦了實事，所以他寫了《乞賜光梵寺額狀》，上書朝廷，乞求敕封佛陀波利的小廟，感謝神靈放晴的恩賜：「乞一敕額，庶幾永遠不致廢壞……欲望聖慈曲從民欲，特賜本院一敕額，如蒙開允，以光梵為額。」

蘇軾還撰寫了一篇《謝晴祝文》，鄭重其事，感謝佛陀波利：「吏既不應，致災害民。一雨一霽，輒號於神。風回雪止，農事並作。神則有功，吏亦知祚。凍餒之蘇，其賜不貲。嗟我吏民，為報之微。尚饗。」他很謙虛，把遭災的責任歸到官吏身上，功勞則是神靈護佑，百姓免於凍餒，都是神靈的恩典。微薄的獻祭，實在難以報答神恩。不過，他至少懇請朝廷降下敕令，把佛陀波利的廟宇升為官方認可的信仰機構，庶幾香火可以永續。

蘇軾擔任潁州太守，只有半年時光，雖然有好友相聚，詩酒風流，卻遇上了旱災以及鄰近州縣的饑荒，後

來又有雪災的威脅。幸好他應對得當，先祈雨後禱晴，且不管是否真有神靈護佑，拯救黎民百姓、使他們免於輾轉溝壑的願望，卻是有目共睹的。他和屬下的努力與奔波，化憂患意識為實際行動，在黎民百姓心目中，絕對是勤政愛民的好官。

輯
二

幽
人

雪泥鴻爪

「雪泥鴻爪」是我們常用的成語，描述飛鴻落在半融的積雪上，雖然留下了爪印，很快就會消失，只餘化為雪水的回憶。因為意象鮮明，後來就成為詩文中習用的典故，比喻往事中殘餘的記憶痕跡，多少帶着傷感的情緒，讓人聯想到「春夢了無痕」，生命的經歷如過眼雲煙，卻又更為冷峭孤淒。

原典出自蘇軾的一首和詩，是寫給他弟弟蘇轍的《和子由澠池懷舊》：「人生到處何所似，應似飛鴻踏雪泥；泥上偶然留指爪，鴻飛那復計東西。老僧已死成新塔，壞壁無由見舊題。往日崎嶇還記否，路長人困蹇驢嘶。」這首詩寫得非常精彩，乍看平鋪直敘，卻又比喻深刻，道盡了離別的遺憾與牽掛。思念不但綿綿不絕，而且來回往復，在心底疊加起過去相聚的場景，徒增悵惘。前半段詩意帶有普世性的人生感慨，點出個體生命與宇宙時空的交集，一霎即逝，很像夢幻泡影。但人生又有實存經驗，並非虛幻，後半段詩就敘述了詩人與弟弟共同經歷過的生命片段，往事並不如煙。

詩作於嘉祐六年（1061）十一月，蘇軾二十六歲，赴鳳翔擔任簽判。弟弟蘇轍送行到鄭州，經過澠池，分

手後，蘇轍寫了一首《懷澠池寄子瞻兄》：「相攜話別鄭原上，共道長途怕雪泥。歸騎還尋大梁陌，行人已度古崤西。曾為縣吏民知否？舊病僧房壁共題。遙想獨遊佳味少，無言騅馬但鳴嘶。」這首詩有蘇轍自注：「轍曾為此縣簿，未赴而中第。」說的是當年（1056）曾獲授澠池縣吏，因為中了進士而沒有上任，對澠池是有感情的。「舊病僧房壁共題」一句也有自注：「昔與子瞻應舉，過宿縣中寺舍，題老僧奉閑之壁。」寫的是兄弟隨父親蘇洵離開四川赴汴京應試，經過澠池，在僧舍中住宿停留的情景。可以想像，兄弟二人相親相愛，同進同出，在澠池寺院中寫詩題壁，那年蘇軾二十一歲，蘇轍十九歲，正是青春年少，意氣昂揚之時。

五年之後，兄弟在澠池附近分手，各奔前程，不禁想起當年的經歷。蘇轍詩中提到「長途怕雪泥」，引發蘇軾和詩的想像翱翔，塑造出雪泥鴻爪的意象。而「僧房壁共題」一句，則讓蘇軾想到，此時老僧奉閑已經辭世，題壁也已壞圮無存：「老僧已死成新塔，壞壁無由見舊題。」時過境遷，令人感懷。「無言騅馬但鳴嘶」一句，更使得蘇軾回憶起當年路途的艱辛：「往日崎嶇還記否，路長人困蹇驢嘶。」寫下這兩句詩後，還加了自注：「往歲馬死於二陵，騎驢至澠池。」當年的路途崎嶇，馬都疲累而死，換了蹇驢，才抵達澠池。時光易

逝，往者已矣，更當珍惜生命的意義。

　　蘇軾的和詩寫得好，靈感來源清清楚楚，創作思維的脈絡有跡可循，蘇轍讀到，一定是心有戚戚，可謂和詩的典範。然而，有人解詩卻偏偏要節外生枝，無中生有。查慎行《補注東坡編年詩》引《傳燈錄》：「天衣義懷禪師云，『雁過長空，影沉寒水。雁無遺蹤之意，水無留影之心。若能如是，方解向異類中行。』先生此詩前四句暗用此語。」馮應榴《蘇文忠公詩合注》糾誤，說典出《五燈會元》。這兩人解詩，認為蘇軾深受佛家影響，因此，蘇軾雪泥鴻爪意象的靈感，來自禪家語，是佛學影響詩學的例證。這個說法被王文誥斥為穿鑿附會，在《蘇文忠公詩編注集成》中，批評查慎行「誣枉已極」，而馮應榴以為典出《五燈會元》是「以五十步笑百步」：「凡此類詩皆性靈所發，實以禪語，則詩為糟粕。句非語錄，況公是時並未聞語錄乎？」

　　雖說詩無達詁，只要解得通就行，但是亂引佛典，扭曲原意，就難免混淆視聽之譏了。

三 過蘇州識閭丘

　　蘇軾擔任杭州通判的時候，曾經奉命到常州與潤州（今天的鎮江）一帶去賑饑，時在熙寧六年（1073）年底，十二月經過蘇州。以公元紀年而言，此時已經進入了 1074 年。他有個好友王誨（字規父），是以前的朝廷同事，熙寧六年擔任蘇州太守，與時任杭州通判的蘇軾同在江南佳地，音訊互通。這次蘇軾的常、潤之行，去程經過蘇州，應王誨之請，寫了著名的《仁宗皇帝御飛白記》一文，提到宋仁宗賜給王誨父親王舉正「端敏」二字，是精彩的飛白書跡。文章頌揚了仁宗一朝君臣和熙共治，突出王舉正立朝清正，當然也隨帶標榜了王誨的詩禮家風。文中指出，王誨要他撰文，目的是要刻石流傳，讓仁宗一朝的忠厚偉績傳佈於世。蘇軾文章的刻石拓片的確流傳到後世，元代袁桷就在他朋友姚子敬那裏見過，還書寫了跋文。（見《清容居士集》卷四十二）

　　蘇軾賑災的回程在五月間，又經過蘇州，通過王誨的精心安排，在蘇州結識了一批同調的新知，其中就有王誨特別推崇的蘇州人閭丘孝終（字公顯）。十五年後，蘇軾經歷了烏臺詩獄與黃州貶謫，從朝中派回到杭州擔任太守，曾寫詩和韻給王誨的侄子王瑜，回憶當年

過訪蘇州舊友，說到「老守娛賓得二丘」，自己加了注：「郡人有閭丘公。太守王規父嘗云：不謁虎丘，即謁閭丘。」可見蘇軾最早在蘇州認識閭丘，是王誨介紹的，而「蘇州有二丘」的說法，並非蘇軾自創，也是他從王誨那裏聽來的。

（一）遊虎丘

蘇軾夏初抵達蘇州，公事已畢，在城外玩賞了虎丘，還寫了《虎丘寺》一詩，描述虎丘風光，一路從前山的劍池說起：

入門無平田，石路穿細嶺。陰風生澗壑，古木翳潭井。湛盧誰復見，秋水光耿耿。鐵花秀岩壁，殺氣噤蛙黽。幽幽生公堂，左右立頑礦。當年或未信，異類服精猛。胡為百歲後，仙鬼互馳騁。窈然留新詩，讀者為悲哽。東軒有佳致，雲水麗千頃。熙熙覽生物，春意頗淒冷。我來屬無事，暖日相與永。喜鵲翻初旦，愁鳶蹲落景。坐見漁樵還，新月溪上影。悟彼良自哈，歸田行可請。

這是蘇軾第二次遊虎丘，第一次是赴任杭州通判，匆匆經過蘇州，走馬看花，沒有留下吟詠的詩篇。第二次

遊賞，時間充裕，寫了這一首帶有特殊風味的記遊感懷詩。詩一開頭就説虎丘山勢岩嶢，一條石路穿過山丘，劍池一帶陰風颯颯，古木的陰翳覆蓋了劍池深潭。傳説中耿耿發光的湛盧寶劍，沒人見過，但是池旁的鐵花岩壁卻充滿了殺氣，嚇得蛙群都不敢出聲。千人石邊是幽靜的生公堂，很難想像當年生公説法，頑石聽了點頭的情景。又過了幾百年後，虎丘有鬼魂出現，在石壁上留下令人悲歎的詩歌。虎丘東邊有佳致軒，望去是雲水千頃，在熙熙春意中頗有淒冷之意。蘇軾從目遇的淒清山景，想到自己的行藏，在春暖花開之時，以閒散無事之身徜徉在虎丘，不禁有漁樵江渚之體悟，產生不如歸去的念想。

蘇軾這首詩寫虎丘寂寞淒清，讓他頓生人世滄桑之感，而有歸田之想，寓意與大多數吟詠虎丘的詩歌不同。乾隆欽定的《唐宋詩醇》卷三十四説：「作虎丘詩者，多是緣情綺靡。若此詩，則但見其幽折闃靜耳。是非時會不同，乃其命筆取材，別開生徑。觀前此白居易於東虎丘有『怪石千僧坐，靈池一劍沉』之句，於西虎丘有『搖曳雙紅旆，娉婷十翠娥』之句，烏鵲黃鸝，紅欄綠波，唐時已極繁華艷冶矣。故知此詩是有意避喧，力求岑寂也。」王文誥《蘇海識餘》卷一也説：「《虎丘》詩，『陰風生澗壑，古木翳潭井』，『鐵花秀岩壁，殺氣噤蛙黽』，似此出落虎丘，別開生面。凡前人詩以艷冶

擅場，若不勝情之作，皆一例放倒矣。」

　　清代學者闡釋蘇軾此詩寓意，雖然沒有提到蘇軾的
歸田之想，但分析虎丘景色的描摹與前人關注點不同，
倒是十分精到的觀察。白居易在蘇州當太守的時候，修
築了山塘水路的白公堤，可以一路畫船笙歌，直抵虎
丘。白居易為此十分得意，寫了《武丘寺路》：「自開
山寺路，水陸往來頻。銀勒牽驕馬，花船載麗人。芰荷
生欲遍，桃李種仍新（去年重開寺路，桃李蓮荷約種數
千株）。好住湖堤上，長留一道春。」稱虎丘為武丘，
是為了避國諱，因為唐代開國皇帝李淵的祖父名李虎，
連便溺用器「虎子」都要改稱「馬子」的。白居易喜歡
到虎丘遊樂，一年四季遊山玩水，都有歌妓舞姬陪伴，
賞花觀景，飲酒作樂，寫了好些詩酒風流的作品。《唐
宋詩醇》舉出的白居易詩有兩首，分別描述東虎丘與西
虎丘的勝景，一是《題東虎丘寺六韻》：「香剎看非遠，
祇園入始深。龍蟠松矯矯，玉立竹森森。怪石千僧坐，
靈池一劍沉。海當亭兩面，山在寺中心。酒熟憑花勸，
詩成倩鳥吟。寄言軒冕客，此地好抽簪。」二是《夜遊
西虎丘寺八韻》：「不厭西丘寺，閒來即一過。舟船轉雲
島，樓閣出煙蘿。路人青松影，門臨白月波。魚跳驚秉
燭，猿覷怪鳴珂。搖曳雙紅旆，娉婷十翠娥。香花助羅
綺，鐘梵避笙歌。領郡時將久，遊山數幾何。一年十二

度，非少亦非多。」由這兩首詩可以看到，耽情詩酒的蘇州太守白居易，開闢了七里山塘的白公堤之後，到虎丘遊賞是多麼意氣風發，艷冶風流。

《唐宋詩醇》舉「怪石千僧坐，靈池一劍沉」，其實不是最好的例句，遠不如「酒熟憑花勸，詩成倩鳥吟」兩句來得艷冶張致。蘇軾詩淒清寂靜，不像白居易夜遊虎丘，「搖曳雙紅旆，娉婷十翠娥。香花助羅綺，鐘梵避笙歌」，沒有娉婷翠娥圍繞，沒有紅袖添香笙歌徹夜的痕跡。或許是他遊賞虎丘的時候恰好遊人稀少，更可能是他結束了賑災的任務，心情有幾分沉重，而到了蘇州，地方旱情未解，可以想像初夏山景之蕭殺。他這次虎丘之遊，王太守特別為他設宴，卻自己閉守官舍，齋戒沐浴，向上蒼祈雨，不能親臨，使得情境寂寥，有點尷尬。

蘇軾寫虎丘的詩，淒清之中帶有含蓄的蘊藉，在遊山玩水之中，體悟了人生終有繁華落盡之時。自然循環，生死輪迴，是無可避免的天經地義，或許解組歸田才能超脫，可以請求安排。此詩引發後來詩人的遐想，連番和韻。元末名流楊維楨、張雨、鄭元祐、倪瓚同遊虎丘，都以此詩為準，次韻賦詩。楊維楨（1296-1370）的《遊虎丘，與句曲張貞居、遂昌鄭明德、毗陵倪元鎮，各追和東坡留題石壁詩韻》，讓我們知道蘇軾的虎

丘詩已經勒石，展示在虎丘的山壁上，不只是詩人名流，就連一般老百姓，都會瀏覽蘇軾的虎丘詩，心存東坡先生曾經到此一遊的印象。楊維楨與張雨、鄭元祐、倪瓚一同遊覽虎丘，也一同和韻寫詩，更加深了人們心目中蘇軾遊虎丘的集體記憶：

漾舟海湧西，坡陁緣素嶺。陟彼闔閭丘，俯瞰千尺井。至今井中龍，上應星耿耿。居然辟歷飛，殘腥洗蛙黽。已知湛盧精，古憤裂幽礦。肯隨魚腸逆，寒鋒助殘猛。後來入郢功，勇志亦馳騁。丹台納嬋娟，金錘碎骨哽。坐令金精氣，龍虎散俄頃。花凝鐵壁堅，木根山骨冷。何哉幽獨魂，白日歌夜永。我從陶朱來，青山異風景。豈無西家兒，池頭弄風影。五湖尚浮桴，煙波不須請。

張雨（1283-1350）《和虎丘壁東坡韻》：

日出東海頭，光氣踞茲嶺。渴心我生塵，解後轆轤井。宵若將軍拜，奔泉酬老耿。莽丘專鬼物，陰壑褫蛇黽。歐冶千金鑄，百煉豈重礦。似聞神物化，後日屬吳猛。怪蟒既血刃，大道就爭騁。我行試勃窣，鳩杖先祝哽。小吳不滿眼，坐納三萬頃。

風高塔鈴語，石廷蘿衣冷。淞水瀚歸吳，愚溪柳遷永。吾非若人徒，短句惜流景。茶煙寄禪榻，弄我鬢絲影。散人初無號，奚必煩上請。

鄭元祐（1292-1364）《與張天雨、楊廉夫、陳子平諸公遊虎丘，次東坡韻》：

昔吳有懸精，茲丘據其嶺。前瞻埋金鐔，尚餘淬劍井。簡書畏懷異，星日發光耿。干將不劓兄，牡鞠豈禁罷？至今點頭石，斷非躍冶礦。上機不由智，大將甯論猛？公剖儒釋緒，便從康莊聘。詞鐫琬琰巖，聲抽轆轤哽。掉鞅清靜海，不墮生死頃。憶昔此采遊，六月佩旄冷。山靈寶其躅，歲月塵劫永。我生苦後時，惜此媚風景。坐嘯嗟所見，起舞顧其影。箕尾橫青天，有懷無從請。

（二）謁閭丘

遊賞虎丘之後，蘇軾到閭丘孝終家做客，寫了《蘇州閭丘、江君二家，雨中飲酒二首》，記錄了歡宴的情景。其一是寫閭丘家中的小院方塘，落雨而見波紋激激，賓主都十分高興，希望雨水可以繼續淅淅瀝瀝，紓解旱情，不要因為歡聚的歌聲而遏止：「小圃陰陰遍灑

塵，方塘瀲瀲欲生紋。已煩仙袂來行雨，莫遣歌聲便駐雲」，不過，到了夜裏回到住處，午夜夢迴，醒來時聽到雨聲滴瀝，就難免感到酒醒人闌的寂寞了：「肯對綺羅辭白酒，試將文字惱紅裙。今宵記取醒時節，點滴空階獨自聞。」

　　為什麼蘇軾寫到落雨，會有如此的興致，希望滴瀝到天明呢？當然是江南初夏，細雨霏霏，有其詩情畫意的嫵媚，所謂「沾衣欲濕杏花雨，吹面不寒楊柳風」，一直到梅雨季節，都會引起詩人草長鶯飛之後，花開花落的纏綿情緒。不過，這次蘇軾到蘇州，情況有點特別，是執行賑災職務，上一年旱魃肆虐成災，「大旱之望雲霓」成了所有人關心的焦點。蘇軾到虎丘遊玩，太守王誨特別在虎丘安排了酒宴，請劉述（孝叔）作陪，可是自己卻因為是地方領導，正齋戒祈雨，不能參加歌姬雲集的宴會。蘇軾為此寫了兩首詩，《劉孝叔會虎丘，時王規父齋素祈雨，不至，二首》，第二首特別說到：「太常齋未解，不肯對纖穠。」為了齋戒祈雨，不能參加詩酒風流的宴會，更不能混跡於鶯鶯燕燕的歌妓群中。因此，虎丘酒宴之後，在闔丘家裏得以雨中飲酒，是值得歡慶的事。

　　蘇軾雨中飲酒寫的第二首詩：「五紀歸來鬢未霜，十眉環列坐生光。喚船渡口迎秋女，駐馬橋邊問泰娘。

曾把四弦娛白傅,敢將百草鬥吳王。從今卻笑風流守,
畫戟空凝宴寢香。」則寫閭丘孝終六十歲致仕,退休返
回家鄉蘇州,鬢髮未霜,老當益壯,有美姬環繞,真是
風流太守回鄉,享盡香艷人生。蘇軾學問大,寫詩好用
博喻,這裏一口氣舉了四個古代美姬的典故,都與蘇州
有關:杜牧寫的杜秋娘、劉禹錫詠韋蘇州(韋應物)的
泰娘、白居易聽的琵琶妓、與吳王夫差鬥草的西施。看
來他與閭丘一見如故,吟詩歌詠,在眾姬環繞之中,還
少不了歡謔調笑。

　　蘇軾與閭丘的密切交往,後來成了蘇州地名的重要
典故。王謇的《宋平江城坊考》卷四,記有《閭丘坊巷》
與《閭丘坊》兩節,記的就是蘇軾到訪閭丘孝終住處的
周遭,水木幽勝,歷代都有士大夫文人營造園林,作為
休憩之所。到了清代還有顧氏家族的雅園、依園、秀野
園,在蘇州古早記憶中是文人雅士詩酒風流之處。《閭
丘坊》一節是這麼說的:

　　《吳郡志》:「張馬步橋北。」盧《志》:「朝議
　　大夫閭丘孝終所居,故以表之。」《吳郡志》:「閭
　　丘孝終,字公顯,郡人。嘗守黃州。蘇文忠公在東
　　坡時,與交從甚密。公後經從,必訪孝終,賦詩為
　　樂。孝終既掛冠,與諸名人耆艾為九老會。」《姑

蘇志》：「孝終嘗知黃州，作棲霞樓，為野中勝絕。
未幾，掛冠歸，與崇大年輩以耆德著稱鄉里。蘇軾
云：『蘇州有二丘，不到虎丘，即到閭丘。』其為
名流推重如此。」

這些蘇州地方史料，明確顯示蘇軾與閭丘的交往，
在地方文化記憶中產生了不可磨滅的影響。然而，膾炙
人口的地方傳聞，也有因記憶模糊而出錯之處。這裏引
南宋范成大《吳郡志》卷二十六：「閭丘孝終，字公顯，
郡人。嘗守黃州。蘇文忠公在東坡時，與交從甚密。公
後經從，必訪孝終」，就顛倒了歷史事實，造成後人的
錯誤印象。其實是，閭丘孝終當過黃州太守，致仕回鄉
之後，擔任杭州通判的蘇軾經過蘇州，才初次相識。閭
丘擔任黃州太守，早在蘇軾後來（1080）貶謫黃州之前
六年。而且，蘇軾在黃州經營東坡，躬自耕作，另有當
時的黃州太守關照，也與閭丘絲毫無關。范成大的舛誤
造成當今以訛傳訛的現象，詳細情況，請看下文。

蘇軾回到杭州不久，調任密州太守，在熙寧七年
（1074）九月離開杭州，途經湖州之後，再次抵達蘇
州。太守王誨設宴為他送行，蘇軾寫了《阮郎歸·蘇州
席上作》，前半闋是：「一年三度過蘇台，清尊長是開。
佳人相問苦相猜，這回來不來？」傅藻《東坡紀年錄》

記載的本事是：「熙寧七年甲寅，赴密過蘇，有問『這回來不來』者，其色淒然。蘇守嘉之，令求詞，作《阮郎歸》。」宴席上的情景很是有趣，是蘇軾對酒感慨，他在短短不到一年之內，已經三度過訪蘇州，交結了許多知心朋友，總是有好酒美姬相伴。這次在太守送別的席上，又有佳人苦苦相問，「這回來不來」，其實就是想念蘇軾的到訪，問他以後還回來嗎？王太守知道，官場調任派遣是由不得己的，所以要陪宴的佳人（官妓）求蘇軾留下一首詩詞。這首詞的下半闋是：「情未盡，老先催。人生真可咍。他年桃李阿誰栽？劉郎雙鬢衰。」蘇軾在詞中加深了感慨，想到自己年近四十，歲月不饒人，人生際遇實在令人失笑。這裏交疊使用了兩個典故，一是崔護的人面桃花故事，二是劉禹錫《玄都觀桃花》詩中說的「玄都觀裏桃千樹，盡是劉郎去後栽」。也算是回覆了佳人的問詢，人生如雪泥鴻爪，不知何年何月再來蘇州，即使回來也一定兩鬢霜雪，看到的芬芳桃李也是後人栽種的了。

接着還有一場蘇州閶門的送別，蘇軾寫了《醉落魄·蘇州閶門留別》：「蒼顏華髮，故山歸計何時決？舊交新貴音書絕。惟有佳人，猶作殷勤別。離亭欲去歌聲咽，瀟瀟細雨涼吹頰，淚珠不用羅巾裛。彈在羅衣，圖得見時說。」孔凡禮《三蘇年譜》認為這首詞作於元

豐二年（1079），是由徐州移治湖州時經過蘇州所作，我看未必。聯繫蘇軾「一年三度過蘇台」的美好經歷，應該是此時告別蘇州的心境，何況遣詞用字所構築的畫面，與上述《阮郎歸》如出一轍。我們無法確定這次是何人設宴送別，但送別之地是閶門，也就是七里山塘與蘇州城閶交接之處，屬於繁華的市井商貿區。可以推想，剛剛設宴送別的官府中人應該與閶門送別的場合無關，可能是退休之後的閭丘，臨別依依不捨，一直送蘇軾到閶門上船離去。詞中所寫，還是感歎年紀老大，不知何時才能歸返家鄉。在外遊官多年，舊友新知逐漸斷絕了音信，只有眼前的佳人，在送別的場合殷勤勸酒。聽取淒清咽嗚的離歌，迴盪在瀟瀟細雨之中，倍增傷感。催人淚落，還盼再能相見。

　　這兩次送別宴上，閭丘應該出席了王太守的官宴，因為他有致仕太守這個身份，同時也是太守王誨念念不忘的「不謁虎丘，即謁閭丘」，特意介紹給蘇軾的共同朋友。閶門送別宴請，可能是閭丘的私宴，有「佳人」在場賦唱離歌，殷勤勸酒。想來也只有閭丘這樣的風流人士，身邊圍繞了環肥燕瘦的美姬，在別情依依之際，為離宴助興。蘇軾感慨自己遠離家鄉，與親友相隔，音書斷絕，希望以後還能相見。或許在離歌慘咽聲中，蘇軾也與閭丘約定，之後能夠盡早相會。

三瑞堂「惡」詩

（一）同鄉邂逅

蘇軾一年之內三過蘇州，與舊友相聚，結識了閻丘孝終這樣的新知，詩酒風流，好不快活。每次停留的時間雖然不長，卻愉悅非常，反映了他暢遊江南的快意時光。蘇軾與蘇州的關係有似雪泥鴻爪，「泥上偶然留指爪，鴻飛那復計東西」，不像白居易那樣，接續擔任過杭州太守與蘇州太守，還在蘇州長住一年多，得以細細體會蘇州的風情，寫了不少詩篇。

蘇軾一生經過蘇州八次，每次行色匆匆，只有1074年（熙寧六年年底到熙寧七年秋天）三度經過蘇州，與王誨、閻丘孝終交往密切，詩酒風流，戀戀不捨。在此之前，他第一次過訪蘇州，是在熙寧四年（1071），由汴京赴杭州擔任通判，途中經過蘇州，走馬觀花，觀賞了虎丘與報恩寺，對這兩處當時的著名景點，留下深刻印象。蘇軾還在二度過訪蘇州之時，為報恩寺寫了《蘇州請通長老疏》，邀請閶門外楓橋水陸院的通長老，到報恩寺擔任住持：

指衣冠以命儒，蓋儒之衰；認禪律以為佛，

皆佛之粗。本來清淨，何教為律；一切解脫，寧復有禪？而世之惑者，禪律相殊，儒佛相笑。不有正覺，誰開眾迷。成都通法師，族本縉紳，實西州之望；業通詩禮，為上國之光。爰自幼齡，綽有遠韻。辭君親於方壯，棄軒冕於垂成。自儒為佛，而未始業儒；由律入禪，而居常持律。報恩寺水陸禪院，四眾之淵藪，三吳之會通。願振法音，以助道化。所為者大，無事於謙。

這個通長老是蘇軾的四川老鄉，與蘇軾堂妹的公公柳瑾（字子玉）相識，本來是個儒生，後來棄儒入佛，當了和尚。長老原來姓杜名暹，字伯升，來往於吳中一帶，是蘇軾到潤州賑災，與柳瑾頻繁往來而認識的。蘇軾寫過《成都進士杜暹伯升出家，名法通，往來吳中》一詩：「欲識當年杜伯升，飄然雲水一孤僧。若教俯首隨韁鎖，料得如今似我能。（柳子玉云，通若及第，不過似我。）」從蘇軾詩題及自己加注，轉述柳瑾所說，可知，杜暹作為成都推薦的進士候選人，進京考選落第，決定出家，法號法通。柳瑾的意思是，假如杜暹進士及第，最多也不過在官場裏混個職位，還不如出家，另有精神領域的發展。蘇軾在《蘇州請通長老疏》中，也特別指出，儒佛之間沒有必然的衝突，而通長老出身

世家，淹通詩禮，放棄官場飛黃騰達的前途，可以振興釋氏的傳佈，大興佛教道化。

（二）孝子求詩

與通長老的密切來往，引出了一位崇拜蘇軾的粉絲，即是世居楓橋的著名孝子姚淳，仰慕之不足，還由通長老的關係，結識了蘇軾，殷勤致送禮物。姚淳一心結識蘇軾，除了純粹仰慕這位文壇巨星，感受星光輻射的榮耀之外，有沒有其他的動機呢？

蘇軾離開杭州通判的職務，調任山東，到密州去當太守。他剛到密州，就給通長老寫過一封信說：「某到此旬日，郡僻事少，足養衰拙。然城中無山水，寺宇樸陋，僧皆粗野，復求蘇、杭湖山之遊，無復彷彿矣。」還有一封信，接着說道：「《三瑞堂詩》已作了，納去。然惡詩竟何用？是家求之如此其切，不敢不作也。」蘇軾給通長老的信中提到，他在蘇杭遊歷湖山，逍遙自在，美景美食，還有知心的朋友相聚，詩酒風流，好不快活。現在到了偏僻的密州，雖然繁雜公務減少了，但是城中沒有可以悠遊的山水，寺廟鄙陋，僧人粗野，再也沒有可以談話的高僧大德，實在悶氣。抱怨密州地方粗鄙之餘，附帶一信，結尾說到，他寫好了《三瑞堂詩》，卻是首不登大雅之堂的「惡詩」，自己是不想給

人看的，可是有人追着要，「不敢不作也」。

這個追着蘇軾索要詩篇的人，就是姚淳，定了題目，要蘇軾寫一篇頌揚以孝義傳家的姚氏三瑞堂的詩。這個三瑞堂，在宋代蘇州是相當有名的。范成大《吳郡志》卷十四：「三瑞堂，在閶門之西楓橋。孝子姚淳所居，家世業儒，以孝稱。蘇文忠公往來，必訪之。嘗為賦《三瑞堂》詩。姚氏致香為獻，公不受，以書抵虎丘通長老云：『姚君篤善好事，其意極可嘉。然不須以物見遺，惠香八十罐，卻託還之。已領其厚意，實為他相識所惠，皆不留故也。』」蘇軾往來蘇州，與姚淳的關係十分淡薄，是不是「必訪之」，我頗為懷疑，但姚淳崇拜蘇軾，應該是真情實意的。不過，追着蘇軾寫歌頌他家族的詩篇，卻讓蘇軾深感憋屈，所以特別說明，他一般是不接受其他相識的餽贈，心意已領，八十罐沉香奉還，免得以後還有什麼瓜葛。

《蘇州姚氏三瑞堂（姚氏世以孝稱）》這首詩收在《蘇軾詩集》卷十二，實在有點敷衍了事，難怪蘇軾自稱為「惡詩」：「君不見董召南，隱居行義孝且慈。天公亦恐無人知，故令雞狗相哺兒，又令韓老為作詩。爾來三百年，名與淮水東南馳。此人世不乏，此事亦時有。楓橋三瑞皆目見，天意宛在虞鰥後。惟有此詩非昔人，君更往求無價手。」詩中引用的董召南典故，來自韓愈

的《嗟哉董生行》一詩：

　　淮水出桐柏山，東馳遙遙千里不能休。泚水出其側，不能千里，百里入淮流。壽州屬縣有安豐，唐貞元時，縣人董生召南隱居行義於其中。刺史不能薦，天子不聞名聲。爵祿不及門，門外惟有吏，日來征租更索錢。嗟哉董生。朝出耕，夜歸讀古人書，盡日不得息。或山而樵，或水而漁。入廚具甘旨，堂問起居。父母不戚戚，妻子不咨咨。嗟哉董生孝且慈，人不識，惟有天翁知。生祥下瑞無時期。家有狗乳出求食，雞來哺其兒，啄啄庭中拾蟲蟻，哺之不食鳴聲悲，彷徨躑躅久不去，以翼來覆待狗歸。嗟哉董生，誰將與儔？時之人，夫妻相虐，兄弟為讎。食君之祿，而令父母愁。亦獨何心？嗟哉董生無與儔。

　　韓愈詩頌揚壽州安豐縣的董召南，雖然不為人知，也沒得到官府的表揚，卻是值得尊敬的孝義表率。董召南是隱居的讀書人，自食其力，耕作之餘，上山砍柴，臨水捕魚，孝養父母，全家和煦融融。雖然外人不知，老天是知道的，就有祥瑞自天而降。這裏說的祥瑞，是董孝子家中的母狗生了狗仔，出外覓食，有隻雞前來餵

食嗷嗷待哺的小狗，在院中啄拾蟲蟻來餵狗，小狗嗚嗚不肯吃，雞在旁邊作難徘徊，張開翅膀覆蓋在小狗身上，等着母狗回來。其實，所謂的祥瑞，只是動物之間比較不尋常的行為，在古人眼裏感到稀奇，而發生在孝義之家，就上升成祥瑞的異象。蘇軾此詩重述了韓愈說的故事，加上一句目睹姚氏家族的「三瑞」，誇獎姚淳是可以媲美大舜的孝子。細讀此詩，可以發現，蘇軾讚頌姚氏的諛辭，完全來自韓愈一詩，硬生生扯到三瑞堂孝義傳家。結尾還要提醒，唯一的差別，是換了個詩人寫類似的故事，實在不堪吟詠，最好是另請高明來寫。

(三) 東坡反璧

　　施元之、顧禧、施宿的《注東坡先生詩》解說此詩：「三瑞堂在閶闔門外道間，密邇楓橋水陸院。初，姚氏之先墓有甘露、靈芝、麥雙穗之異，遂以三瑞名其堂。楓橋水陸長老通公者，東坡倅杭時往來吳中，舟必經楓橋，識通。姚氏子名淳者，因通以求詩，而坡蓋未始識淳也。」明說了姚淳認識蘇軾，夤緣於通長老，不能算是真正的相識。施注還特別提到，曾親見蘇軾三瑞堂詩帖刻本，「乃十二月十二日作」，可以確定，此詩寫於熙寧七年十二月十二日之前，也就是 1075 年年初，蘇軾剛到密州，就為了償還蘇州的文債而寫。給通

長老的信中説到，是難以推辭才寫了這首「惡詩」，並退還姚淳餽贈的禮物，透露了十分的不情願。蘇軾接二連三託人捎信給通長老，希望他讓姚淳理解，切勿誤會：「切為多多致此懇。千萬勿訝，勿訝！」還在另一封信中説，「且説與姚君勿疑訝，只為自來不受非親舊之餽，恐他人卻見怪也。」

蘇軾似乎非常擔心姚淳誤會他退還禮物，是表示不滿，所以，一再麻煩通長老去解釋，不要有所餽贈。其實，蘇軾不滿的是自己寫的一首「惡詩」，恐怕會四處流傳，很失顏面。結果是，姚淳獲詩大喜，趕緊刻石模拓，半年之後，還寄了變成書冊的拓片給蘇軾。蘇軾也無可奈何，親自給姚淳寫了回信：

　　某啟。過蘇，首辱垂訪。到官，又枉教字，皆未克陳謝。又煩專使惠問，勤厚如此，可量感愧。比日起居如何？寄示詩編石刻，良為珍玩，足見好事之深篤也。溽暑未解，萬萬以時珍重。人還，草草奉謝。不宣。

姚淳寄給蘇軾的「詩編石刻」，不僅有《三瑞堂詩》，還有蘇軾與通長老的書札，想來是他七磨八磨，從通長老那裏借來刻石的。蘇軾收到這樣的書冊，以及

姚淳奉上的潤筆，頗有疑慮，接着又回了一信：

> 昨惠及千文，荷雅意之厚。法書固人所共好，而某方欲省緣，除長物舊有者，猶欲去之，又況復收耶？謹卻封納，不訝，不訝！

意思說得很清楚，不收納寄來的禮物餽贈，原因是「省緣」，不想在人事交接上多生枝節，還請諒解。蘇軾與姚淳的緣分，僅止於通長老的關係，被人逼着寫了《三瑞堂詩》，十分不順氣，對遠道致送的餽贈也一律璧還。

龔明之《中吳紀聞》（作於 1182）卷二記「姚氏三瑞堂」：

> 閶門之西，有姚氏園亭，頗足雅致。姚名淳，家世業儒，東坡先生往來必憩焉。姚氏素以孝稱，所居有三瑞堂，東坡嘗為賦詩云：「君不見董召南……君更往求無價手。」東坡未作此詩，姚以千文遺之。東坡答簡云：「惠及千文，荷雅意之厚。法書固人所共好，而某方欲省緣，除長物舊有者，猶欲去之，又況復收邪？」固卻而不受。此詩既作之後，姚復致香為惠。東坡於《虎丘通老簡》尾云：「姚君篤善好事，其意極可嘉，然不須以物見

遺。惠香八十罐，卻託還之，已領其厚意，與收留
無異。實為它相識所惠皆不留故也。切為多致，此
懇。」予家藏三瑞堂石刻，每讀至此，則歎美東坡
之清德，誠不可及也。

盧熊的《洪武蘇州府志》曾部分引用這條資料，
不過，說的不是「東坡先生往來必憩焉」，而是「蘇文
忠公嘗訪之，且為賦詩」，也就是曾經去過，不是往來
蘇州必去。按照蘇軾在蘇州行色匆匆的情況，基本上是
與官府中人打交道，又結交了闔丘成為知交，再加上與
報恩寺與通長老的來往，「往來必憩」姚氏園亭，可能
性不大。至於是否參觀過三瑞堂，才知道姚氏有甘露、
靈芝、麥雙穗的祥瑞，也頗有問題，或許只是前去張望
了一下。從蘇軾寫給姚淳的信中可知，「過蘇，首辱垂
訪」，是姚淳去拜訪蘇軾，並未提到蘇軾可曾回訪。龔
明之的記載，在蘇軾造訪蘇州百年之後，恐怕也摻入了
姚氏後人自我吹噓的傳聞，令人存疑。倒是提到三瑞堂
石刻，可以和施注所記對應，知道姚氏把蘇軾的「惡
詩」奉為珍寶，還把蘇軾的相關通信，都一併刻石拓
印，編成書冊流傳了。此舉和太守王誨相似，請蘇軾書
寫《仁宗皇帝御飛白記》一文，刻石拓印，四處流傳。
但是，不同的是，蘇軾不情願寫《三瑞堂詩》，更不想
「惡詩」流傳，卻成了他管不了的書跡之厄。

蘇軾過陳州

蘇軾元豐二年（1079）身陷烏臺詩獄，幾乎喪生在政敵手中。關押了一百三十天，幾經審訊勘核，在御史臺與大理寺的司法論斷中，出現了不同意見。發生了一些爭執之後，由神宗皇帝出面，「特責」蘇軾為「檢校尚書水部員外郎、黃州團練副使、本州安置、不得簽書公事」，其實就是貶謫到黃州，由地方官看管起來，不許亂說亂動。神宗愛惜蘇軾的才華，知道御史臺羅織蘇軾攻訐朝廷的罪名，在很大成分上是政治鬥爭的誣陷，但又不滿他批評改革、反對新政的態度，想要免罪釋放他出獄，未免過於縱容，因此才下詔「特責」，算是給蘇軾一點教訓，殺殺他放言不羈的狂妄與飛揚跋扈的詩風。

蘇軾是在過年之前出獄的，這個時間節點，或許並非偶然，而是反映了朝廷的恩典，讓他在年關之前獲得自由，好在新年除舊歲之際，捫心自問，改過自新。新年伊始，蘇軾就踏上了貶謫之路，從東京開封一路南下，經過陳州（今天的淮陽）、蔡州、光州、麻城，到長江邊上的黃州報到，全程大約一千五百里路。他在貶謫路上，寫的第一首詩是在陳州寫的《陳州與文郎逸民

飲別，攜手河堤上，作此詩》：「白酒無聲滑瀉油，醉行堤上散吾愁。春風料峭羊角轉，河水渺綿瓜蔓流。君已思歸夢巴峽，我能未到説黃州。此身聚散何窮已，未忍悲歌學楚囚。」

此詩寫貶謫的心境，頗有天地悠悠，斯人憔悴的落寞之感。但是，這首詩絕非泛泛表露天涯淪落的悲戚，其中說到的「思歸巴峽」、「未到黃州」，都不是文人落魄的一般性修辭用語，而是寓含了個人際遇的深刻感喟。詩題中的文逸民，是蘇軾的表兄大畫家文同（文與可，1018-1079）的第四個兒子，又是蘇軾弟弟蘇轍的女婿。兩人在陳州相聚，不僅正值蘇軾遭貶，以罪人之身路過，又另有一番家族親屬的變故，令人唏噓。因此，他們在陳州相遇告別，攜手走在河堤上，看逝水渺綿，不捨晝夜，實在有難以言宣的世事滄桑之慟。

文同是畫竹的大家，也是蘇軾十分欽佩的表親，兩人的關係相當密切。蘇軾以言入罪，遭到逮捕是在湖州太守任上，而文同則是之前的湖州太守，可謂巧合。蘇軾寫過《文與可畫篔簹谷偃竹記》，其中說到文同教他：「畫竹必先得成竹於胸中，執筆熟視，乃見其所欲畫者，急起從之，振筆直遂，以追其所見，如兔起鶻落，少縱則逝矣。」這就是漢語中「成竹在胸」典故的來源，也是中國畫論的重要概念。這篇文章的結尾，寫的卻是

文同在陳州不幸逝世，留給蘇軾無限的傷戚與悲痛：「元
豐二年正月二十日，與可沒於陳州。是歲七月七日，予
在湖州曝書畫，見此竹，廢卷而哭失聲。」再也沒想到
的是，過了一個多月，蘇軾就在湖州被捕，經歷了生死
未卜的災禍，而釋放出獄，在貶謫路上就經過了陳州，
而此時文同的靈柩還停放於此，等待運回四川梓州（今
天的綿陽）老家。

　　知道了蘇軾與文逸民的具體生命經歷，再回頭來
讀《陳州與文郎逸民飲別，攜手河堤上，作此詩》，才
會理解詩中欲言又止的愁思，凝聚了多麼強烈的藝術張
力。他們飲酒道別，攜手河梁之上，本來是希望散散步
來疏解愁緒的，卻又想到兩人的前程充滿了荊棘與困
苦。文逸民當前的使命，是運送父親的靈柩回到四川梓
州，得逆流而上，與波濤洶湧的巴峽搏鬥，是坎坷人生
的畏途，卻又是文同生命的歸宿。而蘇軾貶到黃州，雖
然還沒去過，卻可以想像道路的艱難與前途的困窘。人
世的聚散是如此頻繁，又如此的難以預料，實在令人
浩歎。

　　蘇軾的心胸是開闊的，即使面對無邊的愁緒，他
還是盡量樂觀。這首詩的結尾，顯示了他達觀的人生態
度，祝願人長久，人有悲歡離合，月有陰晴圓缺，是人
生難免，只是不要去學楚囚對泣，自尋煩惱。

蘇軾的《梅花二首》

蘇軾經歷了烏臺詩獄，在御史臺監牢裏關了一百三十天，生死未卜，所幸獲得神宗皇帝不殺之恩，大年除夕之前（十二月二十八日，已是公元 1080 年初）出獄，成了驚弓之鳥，不敢在京城多作停留，連年節都不得暫作休養，來不及撫慰未定的驚魂，就一路上餐風飲露，冒着霜雪紛飛的嚴寒，趕向黃州貶地。正月二十日，進入黃州境內麻城縣的岐亭，在翻越當地春風嶺的關山路上，看到飛雪中的的梅花，迎春綻放，的皪鮮明，不禁寫了《梅花二首》，其一：「春來幽谷水潺潺，的皪梅花草棘間。一夜東風吹石裂，半隨飛雪渡關山。」其二：「何人把酒慰深幽，開自無聊落更愁。幸有清溪三百曲，不辭相送到黃州。」

這兩首詩寫得頗有深意，第一首是即景生情，寫春寒料峭之時，在岐亭春風嶺的關山道上，看到雜草荊棘之間，梅花迎着飛雪綻放，的皪光鮮，明艷欲滴。在這嚴冬飛雪之際，蘇軾以罪人之身，走在崎嶇的山路上，寒風凜冽，呼嘯過凍裂的山岩之間，此情此景，看在戴罪之身的蘇軾眼裏，倍感顛沛流離，實在是無比淒涼。然而，時令已經過了雨水節氣，大化輪轉，幽谷中溪水

潺潺,春天的信息悄悄傳來,梅花在叢蕪中綻放,讓詩人感到大自然的生命正在復甦,也使得愁緒滿懷的蘇軾雖然身陷困頓,遠離廟堂,落拓江湖,但是生命還會繼續,活着就有希望,就能感受突如其來的無限歡愉。

我們無法確知蘇軾長途跋涉之後,就着驛站旅舍的燭光(或許點着油燈?),寫下這些詩句時,內心究竟如何串起詩情意象,如何捕捉梅花帶來美妙閃光的刹那,表達自己按捺不住的詩情。不過,可以推想,蘇軾經歷了誣陷被捕,獄中的死亡威脅,大年除夕遭到貶謫流放,在雨雪霏霏之時翻山越嶺,突然在深山幽谷的山徑邊上,看到寒風中鮮明亮麗的梅花綻放,一定產生了審美移情的感受,必定會想到梅花象徵的傲岸高潔,在風雪摧殘之時,依然倔強不屈,默默綻放出凝聚了生命美德的燦爛。聯想到自己光明磊落的生平,冰清玉潔的操守,驟然遇見山野中孤獨堅守的梅花,有着不為人知的芬芳美麗,不正是自己人生的寫照嗎?

第二首就展示了詩人面對梅花的處境,表達了欣賞、讚歎與惋惜,其實也就是夫子自道,對自己境遇的感歎。有什麼人會像李白邀月那樣,攜來一壺酒,慰問孤高自賞的道旁梅花呢?花開花落有誰知道呢?生命中的歡樂與憂傷,起伏不定,有誰來關心呢?有的,有我蘇軾完全理解,更感謝你在道旁為我祝福,隨着春天幽

谷的流水，淌過彎彎曲曲的溪谷，不辭辛苦，把我一路送到貶謫的黃州。這裏透露出蘇軾詠物思人、物我相融的開放寬容心態，來自文化傳統的天人合一信念。自己深陷淒楚困頓，卻能因為飛雪中的寒梅依然綻放，而激起內心深處的樂觀精神，比起雪萊《西風頌》說的「冬天來了，春天還會遠嗎」那種浪漫式的盲目樂觀，要具體而且深刻，同時也委婉體貼得多。

《梅花二首》落筆平淡蘊藉，雖然感歎身世飄零，卻能坦然面對，在哀而不傷之餘，還冀盼着春風拂面的前景，花開花落，春水潺湲，都是自然流轉，不減詩人樂觀人生的信念。寫草棘間綻放的梅花，突出風雪中的堅韌不拔，感同身受，與范仲淹《岳陽樓記》中說的「不以物喜，不以己悲」的仁人君子之心，有異曲同工之處，都屬於「居廟堂之高，則憂其民；處江湖之遠，則憂其君」的先憂後樂精神，是宋代士大夫文人最高貴的情操。

現代的仁人君子，遇到艱難困苦，都應該讀讀這兩首詩，不要灰心喪志。

蘇軾謝上表

　　古人寫文章，非常講究體材分類，詩賦是詩賦，銘記是銘記，史傳是史傳，論說是論說。「表」是臣下寫給皇上的奏章，最廣為人知的是諸葛亮的《出師表》，有前後兩篇。劉勰《文心雕龍》第二十二篇，討論的就是「章表」，他說「章者，明也」，「表者，標也」，然後解釋章表的作用，是「對揚王庭，昭明心曲，既其身文，且亦國華」，也就是要對答王室賜予的恩惠，宣揚朝廷的德政，表明心意與感激，如此，不但可以展露自己的文采，也顯示了國家的光輝與榮耀。所以，作一篇表，「必雅義以扇其風，清文以馳其麗」。

　　蘇軾詩文俱佳，一般人熟悉的，是他的詩詞歌賦，如《水調歌頭·明月幾時有》、《念奴嬌·大江東去》，以及《前後赤壁賦》，其實他的文章寫得真好，要不然怎麼躋身古文「唐宋八大家」呢？他的文章種類很多，論說、記傳、史評、銘碑、題跋、雜記、尺牘，都寫得好，經常被人稱頌，不過，他也寫過不少謝恩的表，卻似乎被人忽略了，歷來評論不多，深入探討的更少。這或許是因為，人們以為這類文體只是官樣文章，是臣子上報朝廷的謝恩老套，讓人想到清朝官員接到聖旨，像

搖尾乞憐的狗仔，渾身哆嗦着奴才的諂媚，念叨主子聖明，恭祝萬壽無疆，叩頭謝恩，全是馬屁廢話。其實，蘇軾謝恩所作的表，完全不是那麼回事，倒真是「對揚王庭，昭明心曲」，不但文采斐然，還充滿了自嘲與諷喻，不止達到劉勰訂定的章表寫作標準，還有些別出心裁的神來之筆，然而卻惹出一場大禍。

　　蘇軾對王安石新政頗有意見，經常對新政推行的具體措施發表議論，與朝廷施政多有齟齬，便申請外調，先是擔任杭州通判，繼而升任密州太守、徐州太守。在元豐二年（1079）春天調任湖州太守，照例謝恩，寫了《湖州謝上表》。在謝表中，他先是自我貶抑，說了些言不由衷的氣話：「伏念臣性資頑鄙，名跡堙微。議論闊疏，文學淺陋。凡人必有一得，而臣獨無寸長。」然後講到自己遠離朝政，到外州去當地方官：「荷先帝之誤恩，擢置三館；蒙陛下之過聽，付以兩州。」既然不能在中央發揮作用，就在地方上努力工作，以勤補拙。蘇軾覺得自己已經做出了退讓，對控制朝廷的新黨人士來說，應該知道我奉公守法、安分守己，會老老實實工作：「知其愚不適時，難以追陪新進；察其老不生事，或能牧養小民。」追不上時代的大潮，參與不了新法熱火朝天的改革，就老老實實做些安撫百姓的工作吧。文章寫得多好，不卑不亢，用詞對偶工整，表露了自己的

心跡，雖然受到新黨的排擠，還是感謝朝廷給他努力工作的機會。

謝表上去，卻出了大問題。看來蘇軾還是有點天真，寫文章不屑等因奉此，不懂得後世「多叩頭，少說話」的官場秘訣，更不明白有人居心叵測，要置他於死地。元豐二年七月四日，就有見習監察御史何大正上奏，說蘇軾明目張膽攻擊朝廷，寫篇謝上表，居然說「愚不識時，難以追陪新進；老不生事，或能牧養小民」。這是「愚弄朝廷，妄自尊大」，「謗訕譏罵，無所不為」。像蘇軾這樣的小人，動輒歸咎新法，甚至「明上章疏，肆為詆訕，無所忌憚矣」，「世之大惡，何以復加」，一定要嚴懲。這篇奏章顯然只是個引子，因為接二連三，攻訐如海嘯而至，另一名見習監察御史舒亶上奏，在詩文中雞蛋裏挑骨頭，認定蘇軾「包藏禍心，怨望其上，訕謗慢罵，而無復人臣之節」。最後是御史中丞李定出面，定性為「訕上罵下，法所不宥」，建議神宗皇帝「斷自天衷，特行典憲」，那口氣實在不妙，是希望來個痛快的，判個正法伏誅。於是，蘇軾下獄御史臺，鬧了場驚心動魄的「烏臺詩獄」。

蘇軾在御史臺獄中關了一百三十天，生死未卜，有沒有動過刑，就非我們所知了。最後被迫作供，承認謝上表的那些話，是心存不滿，誹謗朝廷，因為「軾謂館

職多年，未蒙不次進用，故言荷先帝之誤恩……又見朝廷近日進用之人，多是少年，及與軾議論不合，故言愚不適時，難以追陪新進，以譏諷朝廷進用之人，多是循時迎合。」寫了一篇謝表，幾乎殺頭，可見與新黨的激進少年不合，寫什麼都會惹上血腥的政治鬥爭。欲加之罪，何患無辭。

蘇軾在牢裏關了四個多月，倖免殺頭之禍，貶到黃州，掛名水部員外郎充黃州團練副史，不准參與公務，其實就是讓地方官看管起來，不許他亂説亂動。他在風雪交加的嚴冬，千里跋涉了一個月，終於到達黃州，馬上就寫了《到黃州謝表》，向朝廷報告他的行蹤，並且千恩萬謝，感激皇帝不殺之恩。在謝表中，他誠惶誠恐，感謝皇上「仁聖矜憐，特從輕典。赦其必死，許以自新」。説到自己的行為實在有過當之處，「茫如醉夢之中，不知言語之出。雖至仁屢赦，而眾議不容。」雖然因為皇上寬厚仁慈，但卻難容眾議，幸虧皇上寬宏大量，「德刑並用，善惡兼容。欲使法行而知恩，是用小懲而大戒。」對我這樣狂愚冒犯的臣下，還能赦免死罪，真讓我沒齒難忘，感到「天地能覆載之，而不能容之於度外；父母能生育之，而不能出之於死中。伏惟此恩，何以為報。惟當蔬食沒齒，杜門思愆」。皇上之恩，真是超過了天地與父母，讓我有了重生的機會。大

恩大德，何以為報？我一定會終身吃素，閉門思過，不惜犧牲生命，「必將捐軀矢石之間」，永遠效忠。蘇軾在謝表的結尾還指天發誓，說「指天誓心，有死無易。」

元代袁桷在《清容居士集》卷四十六，有篇《跋東坡黃州謝表》說，「昌黎公《潮州謝表》，識者謂不免有哀矜悔艾之意。坡翁《黃州謝表》，悔而不屈，哀而不怨，過於昌黎遠矣。」拿韓愈遭貶潮州寫的謝表與蘇軾謝表相比，認為蘇軾的氣骨比韓愈要高上一籌，緣由是蘇軾「悔而不屈，哀而不怨」。這個說法很有趣，也有其道理，值得做深一層的探討，因為蘇軾本人十分欽佩韓愈，他的《黃州謝表》在相當程度上因襲了韓愈《潮州謝表》的寫法，文辭的運用上也有依樣葫蘆的痕跡，那麼，為什麼會「過於昌黎遠矣」，至少是高上一籌呢？

韓愈《潮州刺史謝上表》寫的背景是，韓愈因諫迎佛骨遭貶，到潮州去擔任刺史，雖屬於貶謫，卻是有實權的地方大吏，只不過是驅趕到邊遠的瘴癘之地，遠離權力中心。蘇軾貶到黃州，雖然沒有嶺南那麼遠，但是不准簽書公事，褫奪了他的政治活動資格，是受到地方監管的人士，與韓愈當着五馬太守、進出衙門有差役鳴鑼喝道的情況，可謂雲泥之別。看看韓愈《潮州謝表》說的，「以臣為潮州刺史。既免刑誅，又獲祿食，聖恩

宏大，天地莫量，破腦刲心，豈足為謝。」雖然也是說「聖恩宏大」，願意「破腦刲心」，以謝聖恩，跟蘇軾說的「必將捐軀矢石之間」有點類似，但別忘了他是去擔任威震一方的刺史。兩人的待遇與處境，有沒有差別？當然有。我們知道，蘇軾到黃州，住沒住處，吃沒吃的，景況相當淒涼；韓愈到潮州，雖然當地鱷魚為患，總不會到官衙裏去干擾他的生活，食衣住行應該都很優渥的。

　　韓愈在謝表中抱怨連連：「臣少多病，年才五十，髮白齒落，理不久長，加以罪犯至重，所處又極遠惡，憂惶慚悸，死亡無日」「而臣負罪嬰釁，自拘海島，戚戚嗟嗟，日與死迫」，呼天搶地，要死要活的，聽來十分可憐。他還大吐苦水，說自己貶謫在嶺外，沒有機會參與國事與大典，以報效贖罪：「懷痛窮天，死不閉目，瞻望宸極，魂神飛去。伏惟皇帝陛下，天地父母，哀而憐之，無任感恩戀闕慚惶懇迫之至。」戀棧在朝廷風生水起的日子，哀怨遠離權力中心，不免對自己諫佛骨遭貶有些後悔，也就是袁枚說的「有哀矜悔艾之意」。蘇軾抵達黃州，寫《黃州謝表》時，年四十五歲，比韓愈少五歲，也已逾中年了，卻沒聽到他戚戚嗟嗟，喊死嚷活的。其實他「始謫黃州，舉目無親」（《蘇軾文集·尺牘·與徐得之》），衣食無著，寄寓僧舍，到第二年

開闢了東坡荒地，勞其筋骨，躬耕自食，才算解決了吃飯問題。在《黃州謝表》中，蘇軾感謝皇上不殺之恩，指天發誓，說要閉門思過，終身吃素，報答皇恩。他似乎未曾否定自我，沒有改變對新政的批評，只是說自己迷了心竅，說話全無輕重，不顧後果。他也不曾哀求朝廷，並不冀望掌權的新貴會讓他重返政壇。相比之下，蘇軾遭到厄運，面對「案罪責情，固宜伏斧鑕於兩觀；推恩屈法，猶當禦魑魅於三危」的情況，處之泰然，不像韓愈那麼呼天搶地，尋死覓活的。

不過，蘇軾非常敬重韓愈，寫過《潮州韓文公廟碑》，盛稱其「匹夫而為百世師，一言而為天下法，是皆有以參天地之化，關盛衰之運。」「文起八代之衰，道濟天下之溺。忠犯人主之怒，而勇奪三軍之帥。此豈非參天地，關盛衰，浩然而獨存者乎？」還作詩稱讚韓愈，在詩中聯繫到自己經歷過的遭遇與感慨：「鈞天無人帝悲傷，謳吟下招遣巫陽。爆牲雞卜羞我觴，於粲荔丹與蕉黃。公不少留我涕滂，翩然披髮下大荒。」蘇軾心胸寬厚，想的是韓愈「文起八代之衰，道濟天下之溺」，頌揚他在復興中華文化上的貢獻，不曾斤斤計較生活與個人情緒的小節。袁枚說蘇軾境界高於韓愈，比的是人品的氣度與風範，孟子說的「富貴不能淫，貧賤不能移，威武不能屈」，蘇軾可以當之。

黃州幽人蘇東坡

　　蘇軾經歷了烏臺詩獄，大難不死，一路冒着風雪，貶到黃州之時，根本無法照顧滯留在後的家眷。自己一個人，只有兒子蘇邁陪伴，孤苦伶仃的，借住在定惠院僧舍。因為戴罪貶謫，是地方監管人員，不許亂說亂動，當然也不可以到處亂跑，只能在廟前廟後，趁着沒人注意的時候，在附近轉悠。試想他第一個月的生活，一定十分苦悶，白天在廟裏偶爾聽和尚念念經，吃口齋飯，平時窩在斗室，關起門來讀《易經》與佛書。此時他寫了《定惠院寓居月夜偶出》兩首詩，反映了他苦悶的心情。第一首一開頭就說：「幽人無事不出門，偶逐東風轉良夜」；第二首則有這樣的句子：「飢寒未至且安居，憂患已空猶夢怕。」他的心情顯然忐忑不安，對剛剛經歷的牢獄之災心有餘悸，夜裏做夢都會害怕。

　　他稱自己是「幽人」，顯然是語義雙關，一是說自己戴罪在身，是遭到幽禁之人，二是說自己不在官場，已經成了幽居隱逸之人。他在黃州沒有公務，也不許參與公事，就有大把的閒暇，開始繼續他父親蘇洵沒有完成的《易傳》，也同時反覆思考蘊藏在《易經》裏的深刻哲思。《易經‧履卦》的卦辭是：「履虎尾，不咥人，

亨。」意思是説，小小心心走在老虎尾巴後面，猛虎不咬人，得以亨通。爻辭是：「九二，履道坦坦，幽人貞吉。」意思是，小心走在平坦的大路上，幽靜恬淡的人固守正直原則，可獲吉祥。蘇軾寫的《東坡易傳》，解釋「九二」爻辭，是連帶「六三」爻辭：「六三，眇能視，跛能履，履虎尾咥人，凶。」一起説明的。「六三」爻辭的意思是，眼睛瞎了還硬是要看，腳跛了還硬是要走，行走在老虎尾巴後面，被猛虎嚙咬，有凶險。《東坡易傳》説：「九二之用大矣，不見於二，而見於三。」他的解釋很特別，顯然是跟自己的遭遇連在一起思考的，主要的論點是：自己的眼睛能看，自己的腿能走，就不會去踩踏老虎尾巴，而能安步行走在坦途，「豈非才全德厚，隱約而不憍者歟？故曰『幽人貞吉』。」有才有德的人，應該是幽隱簡約，安詳不憍，不要去踩老虎尾巴，不要去摸老虎屁股，夾着尾巴做人，就是「幽人貞吉」了。

蘇軾對「幽人貞吉」的解釋非常有趣，也即是要睜大眼睛，小心行事，便可化凶為吉。眼睛不看着君王的意圖，行為與君王背道而馳，早晚要被老虎嚙咬的，不死已經是天幸了。蘇軾以《易經》的哲思觀照，思考自己遭貶的經歷，就有了心氣的底蘊，言行盡量小心翼翼，同時也對「幽人」之稱有一種特殊的親切體會。他

寓居在定惠院，還寫過一闋《卜算子》：「缺月掛疏桐，漏斷人初靜。誰見幽人獨往來，縹緲孤鴻影。驚起卻回頭，有恨無人省。揀盡寒枝不肯棲，寂寞沙洲冷。」關於這闋詞，後人有些匪夷所思的傳說，有的說是黃州有女子想嫁給蘇軾，有的說此詞寫在貶謫惠州之後，又有女子愛慕不諧而死，詩人有感於女子鍾情而作。繪形繪影，好像真有那麼回事似的。其實，知道了蘇軾寄居定惠院這段經歷，知道他自比幽人的多重意義，就明白這闋詞寫的很清楚：他一個人在夜深人靜時，從定惠院出來閒步，想到滯留遠方的妻兒，感到幽人的孤單。同時也想到自己固守正道，不肯夤緣攀高枝，雖然寂寞，但生命的意義卻是亨通的。

蘇軾後來在《潘推官母李氏輓詞》一詩（見《蘇軾詩集》卷二十八）寫道：「南浦淒涼老逐臣，東坡還往盡幽人」，提及剛到黃州之時，潘氏兄弟以及一些仰慕者都十分照顧他，患難見真情，都是有德行的「幽人」。

南宋王之望（1104-1171）《漢濱集》卷十五，有一篇《跋魯直書東坡卜算子詞》：「東坡此詞，出《高唐》《洛神》《登徒》之右，以出三界人遊戲三界中，故其筆力蘊藉超脫如此。山谷屢書之，且謂非食煙火人語，可謂妙於立言矣。蓋東坡詞如國風，山谷跋如小序。字畫之工，亦不足言也。」

蘇軾夢迴蘇州

　　蘇軾在 1074 年三過蘇州，結交了閭丘孝終（字公顯）這個好友。再見面，跨越了四個年頭。其間蘇軾調離杭州，告別了江南，先派到山東任密州太守，後又轉任徐州太守，接連應付當地的旱災洪潦，公事倥傯，只能滿懷惆悵回憶江南的美好歲月。三過蘇州其間，他曾到無錫惠山以惠山泉瀹小龍團，寫了《惠山謁錢道人烹小龍團登絕頂望太湖》：「踏遍江南南岸山，逢山未免更留連。獨攜天上小團月，來試人間第二泉。」這種江南的良辰美景與賞心樂事，一去不復返，令人留戀。熙寧十年（1077）八月在徐州太守任上，閭丘專程來訪，帶回了美好的江南回憶，蘇軾作《浣溪沙》，有序：「贈閭丘朝議，時過徐州」，感歎老朋友閭丘記得他，到徐州來相會：「一別姑蘇已四年。秋風南浦送歸船。畫簾重見水中仙。霜鬢不須催我老，杏花依舊駐君顏。夜闌相對夢魂間。」一別四年，蘇軾忙於公務催逼，形貌已見霜鬢，致仕已久的閭丘卻駐顏有術，依舊風神俊秀，可以回蘇州過他的神仙生活，實在令人羨慕，時在念中。這裏說的「畫簾重見水中仙」，是想到閭丘生活在蘇州溫柔鄉中，「十眉環列坐生光」的情景，記憶猶新。

蘇軾與閭丘在徐州一別之後，再也沒有見面的機會。隔了兩年，他調到湖州知州任上，就爆發了烏臺詩獄大案，身陷囹圄，差一點喪了命。元豐三年（1080）正月，蘇軾遭貶赴黃州，以戴罪之身歸地方看管，不准參與公事。元豐五年（1082）正月，因為思念與閭丘共度的美好時光，夢到了曾任黃州太守的閭丘，醒來寫了《水龍吟‧閭丘大夫孝終公顯嘗守黃州》，有序：「閭丘大夫孝終公顯嘗守黃州，作棲霞樓，為郡中勝絕。元豐五年，余謫居於黃。正月十七日，夢扁舟渡江，中流回望，樓中歌樂雜作。舟中人言：公顯方會客也。覺而異之，乃作此詞。公顯時已致仕，在蘇州。」

序裏說得很清楚，閭丘曾經擔任黃州太守，建了棲霞樓，是宴會的勝景，此時閭丘已經退休，人在蘇州過他的神仙生活了。詞如下：「小舟橫截春江，臥看翠壁紅樓起。雲間笑語，使君高會，佳人半醉。危柱哀弦，艷歌餘響，繞雲縈水。念故人老大，風流未減，獨回首、煙波裏。推枕惘然不見，但空江、月明千里。五湖聞道，扁舟歸去，仍攜西子。雲夢南州，武昌東岸，昔遊應記。料多情夢裏，端來見我，也參差是。」夢到閭丘在黃州棲霞樓宴會，佳人彈琴唱歌，詩酒風流。不禁想到老友也上了年紀，卻風流不減，令人欣羨。午夜夢迴，艷歌美景都不見了，只有空江月明，映照遐想中致

仕歸鄉之樂，五湖西子恣意優遊。蘇軾詩情繾綣，寫得真好，到此神思一轉，從風流太守當年的歡愉，移情換景到夢中所見，不說我在黃州思念閭丘，而說老友思念落魄黃州的我，魂牽夢繞，特地入夢來相見。

南宋范成大《吳郡志》卷二十六：「閭丘孝終，字公顯，郡人。嘗守黃州。蘇文忠公在東坡時，與交從甚密。公後經從，必訪孝終，賦詩為樂。孝終既掛冠，與諸名人、耆艾為九老會。」范成大（1126-1193）比蘇軾晚了一個世紀，已是淪為南宋之時，世事滄桑，記載前人故實就出現了時空錯誤，以為蘇軾貶謫黃州，當時的太守是閭丘孝終，對他多有照顧，交往密切。後人以訛傳訛，甚至說成閭丘把黃州城東的坡地撥給蘇軾，才有了東坡之號。

普及文史知識的「百度百科」就訛誤得離譜：「蘇東坡到黃州以後，在閭丘孝終手下任職。閭丘孝終為官清廉，為人正直，他知道蘇軾才高八斗，是個飽學之士，並沒有打擊、排擠他，而是很敬重他，凡有宴會，總要請蘇軾一起出席。閭丘孝終在黃州築棲霞樓，邀請文人墨客飲酒賦詩，蘇軾也常常與會。由此，蘇軾與閭丘孝終交往甚密，友誼深厚。蘇軾官餘之暇，在黃州東坡找一塊空地，蒔花種菜，以作消遣，由此自號『東坡居士』。」

網站「知乎」，還登出更為荒唐的文章，説：「閭邱公顯時任黃州太守，此人祖籍蘇州，一生正直，為官清廉，是蘇軾被貶黃州之後的頂頭上司，對蘇軾可謂有知遇之恩。稍微瞭解歷史的人應該知道蘇軾當時的處境，閭邱公顯在此時，與蘇軾雪中送炭之友情，便顯得愈發難得。所以，在蘇東坡離開黃州，調任杭州湖州時，多次來蘇州探望這位恩人，每次來蘇州，也必去虎丘。虎丘當然美，但更重要的還是因為有閭邱這個人在吧！」錯亂歷史時序，顛倒蘇軾與閭丘的結識因緣，簡直是痴人説夢。

　　其實，除了剛開始的幾個月，蘇軾在黃州生活得還不錯，雖然沒有閭丘前太守的照顧，卻有太守徐君猷的親切關懷，一樣的詩酒風流，讓他的流放歲月充滿了在地的人間樂趣。或許是因為徐太守與閭丘性格同樣寬厚，對待蘇軾如同家人，經常邀請酒宴，並有美姬歌舞助興，就造成了范成大的錯誤印象，混淆了黃州前後太守與蘇軾的關係。

　　清代袁景瀾是蘇州人，編有《吳郡歲華紀麗》一書，其中收入他吟詠蘇州園林的一組詩，其中《仰蘇樓》一首，是紀念蘇軾在蘇州的經歷：「宦遊遺澤著錢塘，來往吳山越水鄉。聖主心曾期宰相，權奸妒更及文章。閭丘仙袂空行雨（蘇公於熙寧六年至蘇，雨中飲酒

於闔丘、江君二家，有『已煩仙袂來行雨』之句），劍沼雲窗逼泠光（蘇公《虎阜》詩有『鐵花繡岩壁，殺氣噤蛙黽』之句，因名鐵花岩）。千古詞宗今聚首，鐵花岩畔薦蘋香。」可見清代學者對蘇軾的尊崇，主要都環繞着蘇州的勝景，也對蘇軾與闔丘的友情有着比較清楚的認識，不像現代網絡上傳播的文史知識，不只是以訛傳訛，還無中生有，加油添醋。

蘇軾離開杭州十五年後，在元祐四年（1089）夏天，以龍圖閣學士的身份，派往杭州擔任知州。這是他第二次到杭州任職，其中經歷了烏臺詩獄與黃州貶謫，回首這一番人生歷驗的寒徹骨，想來不勝感慨。他於七月三日抵達杭州，不久就與當地同僚寫詩唱和，作了《去杭州十五年，復遊西湖，用歐陽察判韻》：「我識南屏金鯽魚，重來拊檻散齋餘。還從舊社得心印，似省前生覓手書。莳合平湖久蕪漫，人經豐歲尚凋疏。誰憐寂寞高常侍，老去狂歌憶孟諸。」以及《與莫同年雨中飲湖上》：「到處相逢是偶然，夢中相對各華顛。還來一醉西湖雨，不見跳珠十五年。」

十五年前的江南往事，在見到新的同僚王瑜之時，更是讓人感慨萬千，昔日的蘇州老友很自然就浮現心中。王瑜是王誨的侄子，也就是王舉正詩禮家風的流緒，時任提點兩浙西路刑獄之職。王瑜寫了三首遊虎丘

的絕句，勾起了蘇軾的蘇州美好回憶，回首前塵，懷念故人，俱已離世，不禁寫下《次韻王忠玉遊虎丘絕句三首》，追懷當時歡聚蘇州的情景：

> 當年大白此相浮，老守娛賓得二丘。（郡人有閭丘公。太守王規父嘗云：不謁虎丘，即謁閭丘。規父，忠玉伯父也。）白髮重來故人盡，空餘叢桂小山幽。
>
> 青蓋紅旗映玉山，新詩小草落玄泉。風流使者人爭看，知有真娘立道邊。（虎丘中路有真娘墓。）
>
> 舞衣歌扇轉頭空，只有青山杳靄中。莫共吳王鬥百草，使君未敢借驚鴻。

蘇軾貶謫黃州，困頓寂寥，有志難伸，在《水龍吟·閭丘大夫孝終公顯嘗守黃州》詞中緬懷往日的賞心樂事，寫閭丘入夢，前來慰問落難的知己。此後不久，就寫了膾炙人口的《念奴嬌·大江東去》一詞，感歎世事滄桑，歲月流逝，華髮早生，結尾是：「人生如夢，一尊還酹江月。」他再度回到江南任官，十五年眨眼即逝，生命的軌跡轉了一大圈，青山依舊，物是人非，老友皆已故去，人生如夢的感受就更加強烈了。或許就是這種對生命無常的感悟，使得蘇軾心靈得以超越世情，

胸懷豁達，可以逆來順受，容得下未來更為暴烈的官場
傾軋與打擊。

寒食雨之後

　　蘇東坡有《寒食雨》詩二首，因為手書墨跡存世，在書畫界通稱《寒食帖》，藏在台北故宮博物院，是所有中國人引以為傲的國寶。每次展出，只聽到讚譽之聲四起，報章雜誌連篇累牘報導，倒真是膾炙人口，家喻戶曉，婦孺皆知。有時我就想，《寒食帖》對於中國文化傳承的可持續發展，其功偉且巨矣。聽說年輕一代除了知道好萊塢與迪士尼，欽仰梵高的向日葵與達芬奇的蒙娜麗莎之外，也知道蘇東坡創作了《寒食帖》，是文化瑰寶，要珍惜，要理解，要體會書法審美的境界，由此提升自己的文化素養。這就讓我感激零涕，想在家中設一神龕，請來蘇東坡的寶像，每日鮮花供養，祈禱文化傳統得以永續。

　　東坡的《寒食帖》書法豪邁不羈，跌宕有致，如龍飛鳳翥，鯤鵬凌空，讓歷代書家讚歎不已。黃庭堅在帖後有跋：「東坡此詩似李太白，猶恐太白有未到處。此書兼顏魯公、楊少師、李西臺筆意。試使東坡復為之，未必及此。它日東坡或見此書，應笑我於無佛處稱尊也。」董其昌也說：「余生平見東坡先生真跡，不下三十餘卷，必以此為甲觀。」主要說是，東坡書法的造

詣不拘一格，大開大合，別具生面，為藝術傳統提供了不可磨滅的審美境界，打開了人們心靈翱翔的天地。看看帖中的「年」字、「中」字、「葦」字，尤其是「舐（紙）」字，信筆而書，飛揚跋扈，豪氣干雲，真如杜甫感歎公孫大娘舞劍器的氣象：「耀如羿射九日落，矯如群帝驂龍翔。來如雷霆收震怒，罷如江海凝清光。」近來有人學寫行草，模仿東坡筆勢，故意拉長筆劃，絲毫不顧行氣開張的內蘊，不啻醜女塗脂抹粉，東施效顰，令人失笑。

且不說《寒食帖》的書法藝術感染，讓我們想想墨跡背後這兩首詩的意蘊，探究一下東坡寫詩的創作過程。劉勰《文心雕龍·神思篇》說：「思理為妙，神與物遊。神居胸臆，而志氣統其關鍵；物沿耳目，而辭令管其樞機。」不論是寫詩還是揮毫，形式與內容都息息相關，思想與神韻結合，辭令與筆墨無違，才能出現「興酣落筆搖五嶽，詩成笑傲凌滄洲」的傳世傑作。書法墨跡也一樣，沒有內裏的意蘊，沒有在胸臆間鬱積長久的感情，就噴薄不出興酣五嶽的作品。

我們讀《寒食詩》二首，體會東坡落難的情景，不禁感到淒然，深為東坡經歷的人生困境歎息。這兩首詩寫他經歷了烏臺詩案、幾乎因文字獄喪命之後，遭貶到黃州，又經歷了三個年頭的苦難實況。第一首：「自我

來黃州，已過三寒食。年年欲惜春，春去不容惜。今年又苦雨，兩月秋蕭瑟。臥聞海棠花，泥汙燕支雪。暗中偷負去，夜半真有力。何殊病少年，病起頭已白。」第二首：「春江欲入戶，雨勢來不已。小屋如漁舟，濛濛水雲裏。空庖煮寒菜，破灶燒濕葦。那知是寒食，但見烏銜紙。君門深九重，墳墓在萬里。也擬哭塗窮，死灰吹不起。」

東坡貶到黃州遭難，至此經歷了三個寒食節，而今年又遭到雨澇，春寒料峭，猶如秋寒一般蕭瑟。朝廷似乎不再關心他的死活，讓他流落江湖，復起無望，心情自然低落到極點，又碰上了連綿兩個月不停的春雨。第二首詩最令後代詩評家傷神不已，因為東坡寫出了生活的艱難窘迫，窮困潦倒的情景歷歷在目，已是窮途末路。江水氾濫，雨澇不止，大有淹沒小屋之勢，身家性命都受到威脅，好像身處濛濛水雲之中的孤舟。破灶起不了火，三餐不繼，這時看到烏鴉叼銜了燒剩的紙錢，才想到已是寒食節了。更由此想到忠心耿耿的介之推，下場是燒死在綿山之上，想到阮籍在窮途末路之際，只能對着空山大哭。自己貶謫在黃州，遠離家鄉與朝廷，就像再也點燃不了的死灰，恐怕是要埋骨在異鄉了。

就在寒食雨肆虐、讓蘇東坡經歷了生命低谷的時候，有人伸出了援手。黃州的地方領導徐大受（君猷）

給他帶來了清明的新火，提供了生活所需，幫着他度過了難關。我們沒有確實的文獻資料，無法知道徐太守帶來了什麼日用所需。但從他們過去交往頻繁、親密無間，還有東坡寫詩嘲弄徐太守喝酒本領太差、可以相互調笑的關係來推想，徐太守一定帶來了充足的補給，米麵雜糧、魚肉菜蔬不說，還一定攜來可以寬慰東坡的好酒。蘇東坡《寒食雨》剛訴完苦，就有徐太守前來慰問，讓他恢復了樂觀詼諧的人生態度，寫了一首《徐使君分新火》，以自嘲的方式，展示了心境變化：「臨皋亭中一危坐，三見清明改新火。溝中枯木應笑人，鑽斫不然（燃）誰似我。黃州使君憐久病，分我五更紅一朵。從來破釜躍江魚，只有清詩嘲飯顆。起攜蠟炬遶空室，欲事烹煎無一可。為公分作無盡燈，照破十方昏暗鎖。」

這裏寫的情景是寒食到清明這兩天的變化。寒食節照例要禁火三日，到清明之後再鑽燧取火，稱為「改火」。蘇東坡顯然沒有燧人氏的本領，自己鑽不出火來，又遇上大雨成災，只好餓着肚子寫詩。「只有清詩嘲飯顆」，來自李白《戲贈杜甫》一詩的典故：「飯顆山頭逢杜甫，頂戴笠子日卓午。借問別來太瘦生，總為從前作詩苦。」好友徐太守帶着新火來探望，東坡在空宅中繞了一圈，也找不出可以饋享的食物以娛嘉賓，只

好自己打趣，說要把徐大受帶來的新火，像佛家智慧一樣，分成無窮無盡的燈火，照亮大千世界。

東坡這裏化用了佛家的典故，讚頌徐太守帶來了光明，照亮了他與世界的前途。查慎行《蘇詩補注》卷二十一引《傳燈錄》，說典故來自神光法師告訴唐明皇的話：「論明則照耀十方。」解釋「昏暗」一詞，則引《瑜伽師地論》：「日月星光及火珠燈炬等光，皆能破除昏暗，是名外光明。」其實，查慎行的注解說得不明不白，沒把「外光明」典出《瑜伽師地論》的「明有三種」說清楚，而「外光明」主要是破除黑暗，是「治暗光明」。此外，還有「法光明」：「謂隨其所聞之法，觀察修習，皆依法則，因此明心見性，破除愚痴之暗，顯發本覺妙明，是名法光明。」第三則是「身光明」：「謂諸佛菩薩二乘及諸天等，身皆有光，亦能破暗，是名身光明。」徐太守伸出援手，救助遭難於寒食雨的東坡，帶來了救援物資，帶來了改火的光明，不啻救苦救難的菩薩降臨，引起了東坡的詩興，闡發他在黃州潛心佛經的感念。

關於東坡與徐太守的交往，資料實在不少，這裏可以舉一段趣聞説説。東坡住在黃州江邊臨皋，時常和朋友飲酒，曾寫過一首《臨江仙·夜歸臨皋》：「夜飲東坡醒復醉，歸來彷彿三更。家童鼻息已雷鳴，敲門都

不應，倚杖聽江聲。長恨此身非我有，何時忘卻營營。夜闌風靜縠紋平。小舟從此逝，江海寄餘生。」顯示的是身陷困境，在夜闌人靜之時，對人生處境有了新的體會，像一葉扁舟，飄逝於無邊無際的江海，平靜而且曠達。

《避暑錄話》卷上，記東坡在黃州的生活，説：「與數客飲江上，夜歸。江面際天，風露浩然，有當其意，乃作歌辭，所謂『夜闌風靜縠紋平。小舟從此逝，江海寄餘生』者，與客大歌數過而散。翌日，喧傳子瞻夜作此辭，掛冠服江邊，拏舟長嘯去矣。郡守徐君猷聞之，驚且懼，以為州失罪人，急命駕往謁。則子瞻鼻鼾如雷，猶未興也。」東坡飲酒醉歸，寫了一首瀟灑放達的詩歌，大談遠離喧囂紅塵，忘卻世上的蠅營狗苟，引起人們訛傳，以為他掛冠江邊、學范蠡遨遊五湖四海去了。監管他的徐太守嚇得不輕，以為東坡擅離黃州、成了逃犯了，趕緊到他住處查訪，誰知他沉睡正酣，「鼻鼾如雷」，還沒起床呢。

東坡在黃州生活得隨性，有時也讓關心他的徐太守擔驚受怕。

東坡與誰遊赤壁

在浙江大學給同學們講《前後赤壁賦》，問他們都讀過蘇東坡的作品嗎？回答是，中學語文課本裏有《前赤壁賦》，所以都會背誦的；《後赤壁賦》沒仔細研讀過，只是隨意翻閱，知道個大概。我就說，太好了，人人都熟悉《前赤壁賦》這篇作品，我們就可以深入分析、探討蘇東坡寫作的背景以及創作思維所展現的心理狀態，了解他當時遭貶到黃州、面臨艱苦困頓的環境，如何以豁達的心境思考生命意義，還能有所超脫、渡過生命中的黯淡時刻。

我找了藏在台北故宮的《前赤壁賦》真跡圖像，放映給同學看，請他們一路朗讀下來。蘇軾的書跡是繁體字，又沒有標點符號，同學們讀起來，卻書聲朗朗，一氣呵成，毫無窒礙。讀完了，我問他們感覺如何？他們說，從來沒有想到，讀古人書法真跡可以如此暢快，好像騎了一匹駿馬馳騁在大草原上，心境是如此的開朗，覺得可以感受東坡創作辭賦的那股凌雲之氣。以前看到沒有標點的古書，覺得每一個字都是繁體的攔路虎，讀起來戰戰兢兢，怕每一個字都張開血盤大口，一不小心，就給古人豢養的老虎吞噬掉了。沒想到讀蘇東坡真

跡，是這麼愉快的經歷。有位同學說，他覺得第一次真正認識了蘇東坡，像是見到了心中崇敬的祖先魂靈，是如此睿智和藹，又慈祥可親，鼻頭酸酸的，想哭。我說，你們讀繁體原文毫無窒礙，就應了蘇軾講書畫創作的要訣，要「胸有成竹」，因為原來已經能夠背誦全文，所以，看到沒有句讀的繁體原文，也毫無畏懼，讀起來抑揚頓挫，順暢已極，甚至感到自己是文化的傳人。

我向同學們指出，看這幅國寶真跡，要注意兩件事：一是開首已經殘缺，前面五行斷句是文徵明補寫的，可見古代文物保存不易，而古人繕補的方法則十分矜慎，居然與聯合國教科文組織在《威尼斯公約》提出文物保護修繕的基本原則若合符節。二是蘇軾自己寫的跋語：「軾去歲作此賦，未嘗輕出以示人，見者蓋一二人而已。欽之有使至，求近文，遂親書以寄。多難畏事。欽之愛我，必深藏之不出也。又有後赤壁賦，筆倦未能寫，當俟後信。軾白。」他因為遭過文字獄的迫害，貶到黃州之後還是有點後怕，寫了《前後赤壁賦》也不敢輕以示人，因為心有餘悸，怕一群朝廷的奸佞瘋狗知道了，說不定又要亂咬，置他於死地。

蘇軾遊赤壁，是他貶謫黃州四年期間經常發生的事，只要有朋友來訪，又值風平浪靜之時，就前去遊

覽。《前赤壁賦》寫的是壬戌（1082）七月，《後赤壁賦》寫的是同年十月。到了十二月，又在生日那一天與朋友同遊赤壁。

《前赤壁賦》寫：「壬戌之秋，七月既望，蘇子與客泛舟遊於赤壁之下。」與來訪的朋友一道乘舟遊赤壁，賞月飲酒歌詩，「客有吹洞簫者，倚歌而和之。」這位「客」是誰呢？賦中沒提姓名，歷代學者卻像追緝犯人一樣，不厭其煩，順藤摸瓜，找出了他的真名實姓。首先他是客，其次他會吹簫，又在壬戌年來訪東坡，這就縮小了尋人的範圍。

對東坡而言，這個壬戌年的春天不太順利，三月初想在沙湖買塊田，卻在途中遇雨。雖然意態瀟灑，寫了《定風波》一詞，說「誰怕？一蓑煙雨任平生」，又說「歸去，也無風雨也無晴」，畢竟年紀不饒人，還是生了場病。一個月後，到了寒食期間，大雨不止，水浸入室，狼狽不堪，就如《寒食雨》帖所記：「春江欲入戶，雨勢來不已。小屋如漁舟，濛濛水雲裏。」大概就在雨潦之後不久，有位來自四川故鄉的道士楊世昌來探訪他，教他道家養生之術，還教他煉丹釀酒之法，給東坡帶來不少樂趣。楊道士多才多藝，不但懂得天文星相，也對琴棋書畫頗有造詣，同時善於吹簫，符合吹簫客的人選。

蘇軾《次韻孔毅父久旱已而甚雨三首》寫在這個時間節點，其中第三首説到：「君家有田水冒田，我家無田憂入室。不如西州楊道士，萬里隨身惟兩膝。沿流不惡泝亦佳，一葉扁舟任飄突。山芎麥麴都不用，泥行露宿終無疾。夜來飢腸如轉雷，旅愁非酒不可開。楊生自言識音律，洞簫入手清且哀。」説的是，孔毅父家裏有田，不幸遭了水淹，而自己雖然沒有田產，泥水卻幾乎衝入小屋，只有楊道士兩手空空，周遊天下，完全不必擔心家產遭災。這清楚透露了楊道士來到黃州做客的時間，應該就是寒食雨澇前後。《施注蘇詩》卷二十，在注解此詩之時，提供了一條重要線索，引了蘇軾為楊道士所寫的書帖：「十月十五日夜，與楊道士泛舟赤壁，飲醉。夜半，有一鶴自江南來，翅如車輪，嘎然長鳴，掠余舟而西，不知其為何祥也。」這就坐實了《後赤壁賦》中的「客」及夢到的道士，就是楊世昌道士，而《前赤壁賦》中的「客有吹洞簫者」，應該也非他莫屬。

　　趙翼《陔餘叢考》卷二十四《赤壁賦洞簫客》：「東坡《赤壁賦》，『客有吹洞簫者』，不着姓字。吳匏菴有詩云，『西飛一鶴去何祥？有客吹簫楊世昌。當日賦成誰與注？數行石刻舊曾藏。』據此，則客乃楊世昌也。按東坡《次孔毅父韻》：『不如西州楊道士，萬里隨身惟兩膝。』又云：『楊生自言識音律，洞簫入手清且哀。』

則世昌之善吹簫可知。匏菴藏帖，信不妄也。按，世昌，綿竹道士，字子京，見王注蘇詩。」論證的關鍵是吳匏菴詩句透露的消息，所謂「數行石刻舊曾藏」，想來是曾經藏有蘇軾手書的石刻拓片，確認了「客」是楊道士。

另有學者（如張爾岐）指出，東坡寫過《李委吹笛并引》：「元豐五年（1082）十二月十九日，東坡生日。置酒赤壁磯下，……酒酣，笛聲起於江上。客有郭、古二生，頗知音，謂坡曰：『笛聲有新意，非俗工也。』使人問之，則進士李委，聞坡生日，作新曲曰《鶴南飛》以獻。呼之使前，則青巾紫裘要笛而已。既奏新曲，又快作數弄，嘹然有穿雲裂石之聲。坐客皆引滿醉倒。」李委曾在赤壁為東坡吹笛，那麼，吹簫客也可能是李委。

但是，東坡記載説的是年底生日，暢遊赤壁時初遇李委，之前是不認識的，因此，也就不可能是《前赤壁賦》（七月十五）與《後赤壁賦》（十月十五）中記載的吹簫客。印證時間的先後，吹簫客是楊世昌道士無疑。

《苕溪漁隱叢話》又記載李委吹笛後向東坡求字的故事：「委袖出嘉紙一幅，曰：『吾無求於公，得一絕句足矣。』坡笑而從之。」是否完全符合歷史真相，我們是無從查考了。但是，蘇東坡遊赤壁，經常有李委參

加，並且吹笛助興，則是不爭的事實，因為東坡自己記下了這麼一段經歷：「今日李委秀才來，因以小舟載酒，飲於赤壁下。李善吹笛，酒酣，作數弄，風起水湧，大魚皆出。山上有栖鶻，亦驚起。坐念孟德、公瑾，如昨日耳。」這也為東坡寫《念奴嬌‧大江東去》一詞、說到「遙想公瑾當年，小喬初嫁了，雄姿英發。羽扇綸巾，談笑間，檣櫓灰飛煙滅」的感慨，提供了清楚的創作背景。

舉報蘇東坡

上海圖書館舉辦一系列關於蘇東坡的講座，請我去講「蘇東坡的情趣人生」。我談的重點是，蘇東坡聰明絕頂，才華橫溢，對人坦誠以待，總是就事論事，公開表達自己的政治意見，卻沒想到政治鬥爭的殘酷，經常遭人陷害，他們從他的詩歌文章中摘截字句，斷章取義，羅織成罪。他又生性詼諧，保有詩人的童心，有時口不擇言，會得罪一些心胸狹窄的同事，結果不斷遭人舉報。那些人上綱上線，說他對政府心存怨懟，甚至有「不臣之心」。蘇東坡天性豁達，幾次遭到貶謫，卻能泰然處之。晚年從海南召回，回顧自己的一生，居然寫詩自嘲說，「心似已灰之木，身如不繫之舟。問汝平生功業，黃州惠州儋州。」

在演講中，我還提到他心愛的侍妾朝雲在他貶謫黃州時，生下幹兒，滿月之時，蘇東坡寫了首《洗兒戲作》：「人皆養子望聰明，我被聰明誤一生。惟願孩兒愚且魯，無災無病到公卿。」充滿了自嘲不說，還嬉笑怒罵，順便把滿朝公卿大臣都諷刺了一通。可惜幹兒身體羸弱，有災有病，一歲就夭折了，不幸與公卿無緣。蘇東坡喜歡朝雲，因為她蘭心蕙質，完全能夠體會並欣

賞東坡的性情。有一次東坡飯後拍着肚皮，問身邊的侍婢，「此中所裝何物？」一個婢女說，「都是文章。」東坡不以為然。另一個婢女說，「滿腹智慧。」東坡覺得也不恰當。朝雲就在旁邊說，「學士一肚皮不合時宜。」東坡不禁捧腹大笑。

演講完了，開放給聽眾提問。有一位女士就問，你提到蘇東坡多次遭人舉報，其中還有曾經與他共事的友人，是不是因為他性格乖僻，很不合群，才會被人不斷舉報呢？他總是有意見，不肯全心全意執行政府的指令，跟朝廷對着幹，是不是標新立異，顛覆國家呢？還有，他明明有妻子，怎麼還可以納妾？不是對女性的不尊重嗎？他寫過「十年生死兩茫茫，不思量，自難忘」的詞，不是悼念亡妻嗎？寫得情意綿綿的，怎麼又喜歡別的女人，跟朝雲生孩子呢？

問題來得突兀，帶有很強的批判性，嚇了我一跳。她大概覺得蘇東坡屢次被貶，是咎由自取，而不斷遭到舉報，或許是他性格有問題、剛愎自用、不懂得搞好人際關係。我不禁想到在演講中，曾提到沈括處心積慮、搜集蘇東坡的黑材料、打他小報告的故事。這段故事出自《元祐補錄》：「沈括素與蘇軾同在館閣，軾論事與時異，補外。（沈）括查訪兩浙，陛辭，神宗語括曰：『蘇軾通判杭州，卿其善遇之。』括至杭，與軾論舊，求手

錄近詩一通，歸即籤貼以進，云詞皆訕懟。其後李定、舒亶黨論軾詩置獄，實本於括云。元祐間，軾知杭州，括閒廢在潤，往來迎謁恭甚，軾益薄其為人。」其實，這段故事反映的是，沈括賣友求榮，背後插刀，並沒有任何蛛絲馬跡顯示蘇東坡恃才傲物、做出任何對不起沈括的事。

至於蘇東坡不能「從一而終」，居然有了妻子，還納朝雲為妾、享齊人之福，應該受到嚴厲批評，恐怕是我們當代的道德標準，不宜用來批判古人。說宋朝人在一千年前，三妻四妾、侮辱女性、道德淪喪，就該貶到黃州、惠州、儋州，大概是看穿越劇看多了，以今人之心度古人之腹吧。

蘇東坡判案

近年來流行網絡寫作，也出現了許多網絡講史的文章，引用古書資料，談論些有趣的軼事，以博一噱。蘇東坡詩酒風流，詼諧瀟灑，生平跌宕起伏，當過翰林學士，當過杭州太守，也曾遭貶到黃州、惠州，甚至流亡到當時是化外之地的海南，一生充滿了戲劇性，宋代以來就多有軼事，有許多材料可以大加渲染，剪裁一番，就編成膾炙人口的故事。網上說蘇東坡的事跡，流傳一個他任杭州太守時判決和尚殺人的血案，翻來覆去地講，講得津津有味，好像有錄像為證的樣子，其實是不太可靠的小說家言，就跟香港電視劇演的蘇東坡一樣，是同類的娛樂性戲說，當不得真的。

故事講的是杭州靈景寺（景字，通影字，讀來就成了靈隱寺）的和尚了然，殺了娼妓李秀奴，被蘇東坡判了死刑的經歷。故事充斥了性與血腥暴力，牽扯和尚與妓女的戀情與背叛，很能激發一般人隱藏在心靈深處的嗜血心理，挑逗了愛看熱鬧的神經。故事還暗示和尚來自佛教聖地杭州靈隱寺，連太守蘇東坡也扮演了法官的角色，寫了判詞，充滿佻僷笑謔，真是熱鬧非凡，可以拍一部五十集的電視連續劇了。

所謂東坡判詞，在宋代蘇軾的詩詞諸本中，都不見蹤影，但是故事在宋代就已經流行，南宋末陳元靚編的《事林廣記》就記載了東坡判詞。《全宋詞》據《事林廣記》癸集卷十三補收，有趣的是加了注：「案《事林廣記》所載，多出傅會或虛構，此首未必為蘇軾作。」宋代皇都風月主人的《綠窗新話》卷上，記載整個故事：「宋靈景寺有僧名了然，不遵戒行。常宿娼妓李秀奴，往來日久，衣缽為之一空。秀奴屬絕之，僧迷戀不已，一夕，僧乘醉往，秀奴不納，因擊秀奴，隨手而斃。縣官得其實，具申司府。時內翰蘇子瞻治郡，一見，大罵曰：『禿奴有此橫為！』送獄院推勘，則見僧臂上刺字，云：『但願同生極樂國，免教今世苦相思』之句。及見欵狀招伏，即行結斷，舉筆判成一詞，名《踏莎行》云：『這個禿奴，修行忒煞，雲山頂上空持戒。一從迷戀玉樓人，鶉衣百結渾無奈。毒手傷人，花容粉碎，空空色色今何在？臂間刺道苦相思，這回還了相思債。』判訖，押赴市曹處死。」

所謂的東坡判詞《踏莎行》，讀來文字淺薄，立意無聊，完全沒有東坡詩詞瀟灑風流的氣象，倒像是不第秀才吐露的酸腐口吻。記載軼事的人，名叫皇都風月主人，看來是不願遵守「實名制」，不肯為記載負責的。仔細研讀，就會發現，作者筆墨興趣的真正着眼點，

是和尚臂上刺的字「但願同生極樂國，免教今世苦相思」，以及由此衍生出來的判詞。換句話說，編造故事的重點，在於刊載這首捏造的詞，自我感覺十分良好，以為可以達到東坡的境界，流傳千古了。

不過，捏造的故事卻經常因為其戲劇性，被人當成真事，謬種流傳。蘇東坡判詞的故事，又見宋羅燁《醉翁談錄》庚集卷二、明代《花草粹編》卷六、《草堂詩餘續集》卷下、《堯山堂外紀》卷五十二、馮夢龍《情史》卷十八，其實都是小說家言，以訛傳訛的。網上流傳最普遍的，是引用明代余永麟的《北窗瑣語》，也不知道是什麼原因成了權威性的依據，或許只是有人剛好抄到這條古代的記載，於是你抄我抄，天下文章一大抄，抄得蘇東坡灰頭土臉的，變成一首拙劣詩詞的作者了。

天涯何處無芳草

（一）

在我們日常生活中，時常聽到有人說「天涯何處無芳草」，說得十分蘊藉，讓口語也充滿了文采，是古典文學滲入日常語言的典型範例。類似的情況很多，反映古代詩文典故轉為現代的成語，在極為平常的對話中，穿越了悠長的歷史間隔，扮演文字意象溝通的角色，隱含了說話人的文化底蘊與修養。借用佛學「五蘊」的說法，算是「色、受、想、行、識」中，文化意識升級版的「繪文字」（Emoji）。比如，見過大世面，或有了不堪回首的經歷，就說「曾經滄海」，典故出於《孟子·盡心篇上》：「孔子登東山而小魯，登泰山而小天下。故觀於海者難為水，游於聖人之門者難為言。」到了元稹的詩中，就成了「曾經滄海難為水，除卻巫山不是雲」。我們在日常說話中，也經常不假思索，會隨口說出如此富有深刻文化意義的語句。再如，為了表達超乎尋常，甚至是不可思議的事情，我們會說「匪夷所思」。這句話的典故就更厲害了，原來出自《易經》第五十九「渙」卦：「渙有丘，匪夷所思。」原來的意思是，渙散的小群，居然能夠聚集成大山丘，真是不可思議。

我們現在早就忘了這句話居然出自三四千年前的《易經》，按照自己的心意，隨口就說，也真是匪夷所思。

「天涯何處無芳草」，出自蘇軾的《蝶戀花‧春景》一詞，原文是：「花褪殘紅青杏小。燕子飛時，綠水人家繞。枝上柳綿吹又少，天涯何處無芳草！ 牆裏鞦韆牆外道。牆外行人，牆裏佳人笑。笑漸不聞聲漸悄，多情卻被無情惱。」上片說的是，感慨春天逝去，芳菲散盡，已是初夏的風景。落花殘紅之間，可以看到樹上的小小青杏。燕子飛繞臨水的人家，引人注意到，柳絮在風中愈吹愈少，就令人感歎生機勃勃的春天逝去，天涯盡頭到處還滋長着芳草吧。詩人的那種感覺有點飄忽，充滿了不確定性，好像春天過了，不知道下一步該去哪裏，哪裏還會見到芳草滿地。下片就表露了遭受隔絕的心理狀態，好像情感受到挫折，有一堵牆隔開了佳人的笑聲與牆外的行人。佳人的歡聲笑語在牆內，漸行漸遠，似乎進入了深閨，而我站在牆外，感到自作多情，被無情的笑語惹出了無限煩惱。

蘇軾創作這首詞，當然有其特定的創作動機，應該是藉着香草美人的抒情詩歌傳統，表露自己內心的感慨。研究蘇軾的學者都同意，這不是一首表露男女癡情的愛情詩，不是現代失戀者在那裏喃喃自語，感歎既然戀情失敗，不如另闢蹊徑，尋找一段新的愛情。蘇軾要

説的是，他對朝廷一片痴心，卻總是遭到排擠，甚至貶謫到遠離朝廷的他鄉，表達出他仕途坎坷、飄泊天涯的惆悵與失落。我們無法確知此詞的寫作時間，學者也因此爭論紛紜，有作於密州說，有黃州說，有定州說，更多的是惠州說，總之都說，蘇軾表達的是，遭到排斥貶謫的苦惱。

然而，優秀的文學作品有其超越特定歷史環境的特性，經常跳出作者的創作動機，讓寫作靈感化為海闊天空的想像空間，可以容納多元多樣的人生體悟。到了二十一世紀，一般人已經不熟悉宋代的官場鬥爭，也不太清楚蘇軾遭人誣陷與排擠的實況，讀這首詞的感受，就很難聯繫上香草美人背後的政治隱喻。尤其是現代年輕人，讀這首詞，總是聚焦在「天涯何處無芳草」一句，聯想的是，既然兔子吃不到窩邊草，就顧不得什麼「多情卻被無情惱」，廣闊天地花花草草很多，盡可自由去採摘。你打開互聯網，就可以看到許多「天涯何處無芳草」的現代解讀，大體分兩類：一是指人生的選擇機會很多，要懂得變通，不要吊死在一棵樹上；二是特指男女關係，沒有必要死守特定對象，世上可以愛的人很多，吃不到蘋果可以吃橘子。

要是蘇軾看到「天涯何處無芳草」的現代解讀，不知心裏是什麼滋味。

（二）

　　研究蘇詞的學者總是糾纏《蝶戀花・春景》的寫作時間，各有說法，是有原因的。研究者並不是突發了歷史考據癖，非要「歷史主義」一下，搞清楚蘇軾每一首詩詞的創作背景與動機，是不是又為什麼佳人動了心，以滿足學術偵探的「窺視」心理。學者都認為，「天涯何處無芳草」的「芳草」，既不是花花草草，也不是美女佳人，而有弦外之音，說的是仁人志士流浪天涯的感喟，因此，想要知道這首詞的創作時間，以期坐實政治事件所導生的慨歎。了解作品的具體創作時間，有助於我們更深一層理解這首詞的深刻內涵，在表面文本所提供的藝術技巧之外，進一步探索創作神思的具體環境，體會作者是如何藉着想像的場景與意象，呈現不同層次的藝術感受，以及隱藏在文本背後欲言又止的心理狀態，展示文學寫作的多元性與多維性。

　　所謂「詩無達詁」，不是說沒有解詩的理路，而是有着多元理解的可能性。「新批評」提倡的「文本自主性」，強調作品一旦成形，就脫離了作者母體，可以在讀者接受的天際之中自由翱翔，把文學理解交付給讀者的個人自由心證，釋放讀者自由閱讀與體會的權利，固然是一種愉悅的閱讀方式，但也打開了潘多拉魔盒，放任讀者行使解詩的「言論自由」，不應該是經典作品研

究的圭臬。對於一般愛好文學的讀者而言，只看作品給他帶來什麼直接的藝術感染，了解表面層次引發的愉悅或刺激，喚起內心的共鳴或嚮往，發現潛藏在心底深處說不清道不明的幽曲或怨懟，能夠在文學作品中得以抒發，天涯有知音，的確是莫大的心靈慰藉。然而，探討《蝶戀花・春景》的文學內涵，除了容許讀者閱讀文本進行海闊天空的自由聯想，認真的學者卻責無旁貸，必須探究蘇軾的切身經歷與內心感受，捋清創作神思構築成藝術作品的可能性，而非毫無依傍，隨心所欲，胡嗙個人感受，作為「獨到」的研究成果。

關於《蝶戀花・春景》的寫作背景，蘇軾想要表達什麼內心感受，又如何使用藝術手段，創作出多層次的文學傑作，是歷來批評家關注的重點。蘇詞研究者的共識是，這首小詞繼承香草美人的寫作傳統，表面上寫春情惆悵，遭到與佳人隔絕的情愛苦惱，寫得入木三分，對幽微的情愫波動掌握得極為深刻，絕對是首呈現情感失落的好詞。同時還有深層而隱晦的創作意圖，涉及遭到了朝廷貶謫，流落天涯，展現了「身在江湖，心懸魏闕」的拳拳忠心。從北宋政壇波瀾起伏的大環境看，蘇軾這首詞的隱藏寓意，呼應了范仲淹《岳陽樓記》結尾，說到古仁人之心的生命境界，「不以物喜，不以己悲。居廟堂之高，則憂其民；處江湖之遠，則憂其君。」

仁人君子總是處在憂患之中，什麼時候才樂得起來呢？范仲淹說，「先天下之憂而憂，後天下之樂而樂」，是個永遠在追求的遙遠嚮往。范仲淹與蘇軾處在北宋政治漩渦的當下，身陷慶曆與元祐年間的黨爭，有心改善朝政，卻遭受多種阻撓，則是「多情卻被無情惱」。

由於蘇軾本人沒有提供寫作時間，我們只能根據這首詞的流傳記載，確定時間的下限，肯定此詞在蘇軾貶謫惠州期間已經存在，但上限則難以遽定。研究者長期以來都希望利用文本的「內證」，從詩句的遣詞用字、意象使用及藝術氛圍的營造，尋找蛛絲馬跡，企圖聯繫其他有具體創作時間的作品，確定寫作時間，但眾說紛紜，不太可靠，且舉一例說明。

曹樹銘校編的《東坡詞》（香港萬有圖書，1968）以為作於蘇軾任職密州時期：「細玩此詞上片之意境，與本集《滿江紅·東武城南》之上片相似。而本詞下片之意境，復與本集《蝶戀花·簾外東風交雨霰》之上片相似。以上二詞，俱作於熙寧九年丙辰（1076）密州任內。銘頗疑此詞亦系在密州所作，誌以待考。」那麼，我們就來考一考。

《滿江紅·東武會流杯亭》一詞描寫春暮，上片有句「枝上殘花吹盡也，與君更向江頭覓。問向前、猶有幾多春，三之一。」在季節時序上，與《蝶戀花·春

景》的「花褪殘紅」、「枝上柳綿吹又少」有類似之處，然而蘇軾寫暮春的詩詞很多，實在不能以此為據。何況《滿江紅》的詩題，元本作「東武會流杯亭，上巳日作。城南有坡，土色如丹，其下有隄，雍郑淇水入城。」下片寫到「相將泛曲水，滿城爭出」，寫的是上巳日曲水流觴，與朋友到東武（密州）城南流杯亭修禊，聯想到王羲之的蘭亭盛會，正如《名勝志》所記：「諸城縣有柳林河，出石門山，流徑縣西北，入於郑淇，密人為上巳祓除之所。」完全沒有顯示任何遭受情感隔絕而發出「多情卻被無情惱」的跡象。

至於《蝶戀花·簾外東風交雨霰》一詞，雖然用的是「蝶戀花」詞牌，但表達的心境與《蝶戀花·春景》完全不同：「簾外東風交雨霰。簾裏佳人，笑語如鶯燕。深惜今年正月暖。燈光酒色搖金盞。摻鼓漁陽撾未遍。舞褪瓊釵，汗濕香羅軟。今夜何人吟古怨，清詩未就冰生硯。」寫的不是暮春，而是冬天景象。除了「簾外簾內」與「墻裏墻外」勉強沾點邊，詩情歡欣鼓舞，與《蝶戀花·春景》的惆悵失落真是南轅北轍。蘇軾在密州寫的這首詞作於熙寧九年正月，不同版本副題都明確指出，寫的是正月雪霰之夜，與友人歡宴之景。毛本題作「密州冬夜文安國席上作」，元本、朱本、龍本、曹本題作「微雪，有客善吹笛擊鼓者。方醉中，有人送苦寒

詩求和，遂作此答之」。簾外雪霰，簾內的蘇軾等人酒酣耳熱，與佳人親暱接觸，鶯燕笑語，歡歌縱舞，以至於歌妓釵橫汗濕，嬌喘吁吁，與「天涯何處無芳草」真是一點關係都沒有。

（三）

大多數學者認為這首詞作於惠州，理由是宋代筆記提到蘇軾謫居惠州之時，在秋天的時候要朝雲吟唱此詞，所以《蝶戀花·春景》必定是寫於此前的春天，極可能就是紹聖二年（1095）春天寫的。薛瑞生《東坡詞編年箋證》考訂為此年的理由是：

> 《年譜》：紹聖二年乙亥，先生年六十，在惠州。柯常、林抃、王原、賴仙芝遊白水山。三月十九日自嘉祐寺遷居合江樓；《紀年錄》、《年譜》、《總案》均失載，朱、龍二氏不編年。按：《冷齋夜話》與《林下詞談》均云朝雲在惠州常歌此詞（《歷代詩餘》卷一一五引《冷齋夜話》：「東坡《蝶戀花》詞云：『花褪殘紅青杏小……』東坡渡海（嶺），惟朝雲王氏隨行，日誦『枝上柳棉』句，為之流淚。病極，猶不釋口。東坡作《西江月》悼之。』」），《林下詞談》姑無論，《冷齋夜話》作

者惠洪與東坡同時而稍晚，其言或不誤據。果如此，當作於惠州時期或更早。因乙亥為東坡在惠州所經第一春，暫編於此，以俟詳考。

鄒同慶、王慶堂《蘇軾詞編年校注》雖然指出《冷齋夜話》記載的訛誤，但也認為此詞作於蘇軾惠州時期的紹聖二年，還做了詳細的考證：

紹聖二年乙亥（一〇九五年）春，作於惠州。案：朱本、龍本本詞俱未編年，曹本有注云：「細玩此詞上片之意境（下略），誌以待考。」宋人筆記載此本事，均是蘇軾貶官惠州時事，如《冷齋夜話》云：「東坡《蝶戀花》詞云：『花褪殘紅青杏小……』東坡渡海（案，此處有誤。朝雲死於惠州，東坡渡海時已不在人世。「海」應為「嶺」之訛）惟朝雲王氏隨行，日誦『枝上柳棉』二句，為之流淚。病極，猶不釋口。東坡作《西江月》悼之。」（《叢書集成》本《冷齋夜話》無此條，見《歷代詩餘》卷一一五引）《林下詞談》亦云：「子瞻在惠州，與朝雲閒坐。時青女初至，落木蕭蕭，淒然有悲秋之意。命朝雲把大白，唱『花褪殘紅』，朝雲歌喉將囀，淚滿衣襟。子瞻詰其故，答云：『奴

所不能歌，是『枝上柳綿吹又少，天涯何處無芳草』也。子瞻翻然大笑曰：『是吾正悲秋，而汝又傷春矣。』遂罷。朝雲不久抱疾而亡。子瞻終身不復聽此詞。」（見《琅嬛記》卷中、《青泥蓮花記》卷一下、《詞林紀事》卷五引）果如以上記載，則此詞當作於貶官惠州期間。又詞中「天涯何處無芳草」之「天涯」，是蘇軾貶官嶺南時詩文中慣用詞語。另如紹聖二年在惠州所作《次韻正輔同遊白水山》詩云：「只知吳楚為天涯，不知肝膽非一家。」紹聖四年惠州所作《次韻惠循二守相會》詩云：「且同月下三人影，莫作天涯萬里心。」故本詞中之「天涯」，亦非泛言，當指地處偏遠的惠州。基於上訴分析，姑將此詞編於紹聖二年春，以俟詳考。

薛瑞生與鄒同慶、王慶堂的考證，主要是建築在《冷齋夜話》與《林下詞談》的記載，只能證明《蝶戀花·春景》寫在朝雲在惠州唱詞之前，並不能坐實此詞一定是貶居惠州之後所寫。釋惠洪《冷齋夜話》多為耳食之說，訛誤多有，雖然當代學者曲為之辯，說記載朝雲隨東坡到海南，在海南「日誦」此詞而流淚，只是傳刻之誤，把「嶺南」當成了「嶺海」，我看也是刻舟求劍的掩飾。反而是宋代佚名《林下詞談》記載的朝雲

唱詞的細節，特別是蘇軾的接連反應，「子瞻翻然大笑曰：『是吾正悲秋，而汝又傷春矣。』遂罷。朝雲不久抱疾而亡，子瞻終身不復聽此詞。」不同於已經廣為流傳的《冷齋夜話》「海南日誦」說法，比較合乎情理，為蘇軾感念朝雲的多情留下了很好的印象。

鄒、王以「天涯」一詞，「是蘇軾貶官嶺南時詩文中慣用詞語」，作為文本內證，企圖坐實《蝶戀花·春景》作於貶官惠州時期，也屬於自由心證的考據。「天涯」一詞，的確是蘇軾的慣用詞語，但並非只見於蘇軾貶官惠州以後，在他的詩詞中，還多處出現在之前的作品。除了鄒、王舉出的兩處詩作（「只知吳楚為天涯」與「莫作天涯萬里心」）之外，蘇軾在謫居惠州之前，至少還在三首詞與四首詩中，使用了「天涯」二字。

蘇詞之中，有三處使用了「天涯」，都是他離開京城擔任地方官時，表達浪跡天涯的處境。一是任密州知州期間寫的《南鄉子·和楊元素時移守密州》（1074，作於密州），其中有句：「東武望餘杭，雲海天涯兩渺茫」，感歎離開了風光秀麗的杭州，到貧瘠困窮的密州做官，回望雲海天涯，實在感到愴然迷茫。這首詞的寫作時間，早於烏臺詩獄遭難之前五年，因此與貶謫的心情無關，只是表達了一種漂泊之感。另一首是他結束杭州太守任期，還朝之前寫的《臨江仙·送錢穆父》（作

於元祐六年 1091 三月上旬），有句「一別都門三改火，天涯踏盡紅塵」，也闡述了遠離都城的游離感，就如范仲淹在《岳陽樓記》中說的，「則有去國懷鄉，憂讒畏譏，滿目蕭然，感極而悲者矣。」其實他任杭州太守，頂著龍圖閣學士的頭銜，官運還算亨通的，之後又被委任為吏部尚書，也早在第二次遭貶之前三年有多，此處的「天涯」也與謫居嶺南無關。

還有一首最有意思，可供我們詰難內證考據之法，實在難以坐實創作的時間。蘇軾《江城子·恨別》，作於元豐二年己未（1079）三月，為離別徐州而寫：「天涯流落思無窮！既相逢，卻匆匆。攜手佳人，和淚折殘紅。為問東風餘幾許？春縱在，與誰同！ 隋堤三月水溶溶。背歸鴻，去吳中。回首彭城，清泗與淮通。欲寄相思千點淚，流不到，楚江東。」按照「文本內證法」，則這首離別徐州的詞，寫了天涯流落，寫了佳人分手，寫了殘紅，寫了相思，寫了情思隔絕的惆悵，遣詞用字與意境情思，與《蝶戀花·春景》的表述，簡直絲絲入扣，難道我們據此就會說，《蝶戀花·春景》是別離徐州時所寫？

至於蘇軾詩中有四處使用「天涯」一詞，最早可以追溯到嘉祐四年，蘇軾服完母喪，隨父親蘇洵由四川沿江東下，在荊州寫的《荊州十首》的第七首，有句「故

人應念我，相望各天涯」。這組詩的創作時間，是嘉祐四年十二月初至次年正月五日，換成公元是 1060 年初，此時蘇軾尚未出仕任官，也未曾遭遇官場的風雲變幻，當然只是懷念家鄉故人，感到各在天涯一方，與貶謫無關，更與流放嶺南無關。第二首寫在惠山，蘇軾在元豐二年（1079）四月，從徐州調任湖州知州，途中經過無錫，遊賞惠山風光，品飲惠山泉水烹煎的茗茶，寫了《贈惠山僧惠表》一詩，其中有句：「行遍天涯意未闌，將心到處遣人安。」詩中「天涯」所要表達的意思，是延續了他任杭州通判，在熙寧六年寫《惠山謁錢道人烹小龍團登絕頂望太湖》的詩意：「踏遍江南南岸山，逢山未免更留連」，說的是，走遍江南江北，心中總是想着惠山泉煮茶，「天涯」反映了他遠離京師，從杭州到密州到徐州，這次又派遣到湖州，行遍了東南半壁江山，有一種流落江湖，但又安於品茗的閒適之感。第三首寫於元祐四年（1089）蘇軾經歷了黃州貶謫、回到杭州擔任太守之時，《次韻詹適宣德小飲巽亭》有句：「江上同三黜，天涯又一樽。」這裏表露了他與詹適都經歷罷黜的感慨，在天涯的杭州共進一杯酒。「三黜」典故出自《論語·微子》：「柳下惠為士師，三黜。」後世經常引用，意指遭到罷官的經歷，並不一定是罷官三次。第四首是蘇軾紹聖元年（1094）貶官南遷，從河北定州

一路向南，也一路遭貶，到達江西虔州（今贛州），訪天竺寺，在紹聖元年八月十七日寫了《天竺寺》一詩，其中有句：「四十七年真一夢，天涯流落淚橫斜。」雖然感歎流放嶺南，或許要終老天涯，不禁老淚縱橫，然而尚未越嶺，還沒進入廣東地界，當然算不上是謫居惠州時的心境，不適合拿來作為《蝶戀花‧春景》寫於紹聖二年的證據。

（四）

近年由張志烈、馬德富、周裕楷主編的《蘇軾全集校注》有《蘇軾詞集校注》一冊，提出了新的看法，認為《蝶戀花‧春景》作於紹聖元年閏四月，是蘇軾定州罷官，啟程南下時，在途中所作。新說分析當時朝政發生巨大變化，元祐八年（1093）九月三日太皇太后高氏逝世，哲宗親政，失勢多年的新黨人物重新上台，帶着打擊報復的心理，對付蘇軾兄弟與同屬元祐黨派的人士。元祐期間掌權的一批老臣，一直自詡維護「祖宗之法」，以道德表率相互激勵，君子從政，蘭芷芳香，屬於先憂後樂的人物，此時紛紛遭貶罷官，流放到天涯海角，正是詞中所說的「枝上柳綿吹又少，天涯何處無芳草」。新說立論於當時的政治環境，把詞中使用的意象與情愛失落之感，一一對應到政局的波動與蘇軾與元祐

黨人的挫敗，雖然難逃捕風捉影、對號入座的質疑，至少反映了蘇軾晚年遭貶的心境，展示他創作神思的大環境，讓我們理解他傷春傷情的文學想像，源自更潛沉深幽的心理狀態，倒也有一定的說服力，可備一說。

元祐七年八月，蘇軾從揚州知州任上召還汴京，任兵部尚書，之後又進為端明殿學士、翰林侍讀學士、禮部尚書，表面上十分風光，但朝中派系鬥爭不斷，暗潮洶湧，使他萌生隱退的意圖，卻辭免不准。到了次年（1903）春天，有御史直接攻訐蘇軾結黨營私，雖然沒能扳倒蘇氏兄弟，卻讓蘇軾下定決心，遠離朝廷紛爭，最好能到山明水秀的越州（今紹興）擔任外官，沒得到批准。他不斷乞求外放的申請，最後在六月間得到妥協性的安排，獲准以端明殿學士、翰林侍讀學士的身份，充任河北西路安撫使兼馬步軍都總管，知定州軍州事，還算保持了朝廷對他的信任，以體面的姿態離開權力中心。然而，正待他整裝離京之際，發生了兩件不幸的事情，為蘇軾外放定州蒙上了陰影。一是他的第二任妻子王閏之八月一日因病去世，讓他傷痛欲絕，二是主持元祐更化朝局的高太后九月三日去世，哲宗親政，為他的仕途埋下了定時炸彈。

蘇軾九月下旬離京赴定州任，按例是要上朝面辭的，可是哲宗皇帝卻下旨不允見，並且促命他即刻出

發。蘇軾是哲宗的老師，連要求面辭都遭到拒絕，顯然反映了皇帝對他不滿，聖恩從此斷絕。他在九月二十六日離京之前，寫了一篇很長的《朝辭赴定州論事狀》上奏給皇帝，講到按照「祖宗之法」，他作為邊帥赴任，是應當上殿面辭的，「而陛下獨以本任闕官迎接人眾為詞，降旨拒臣，不令上殿，此何義也？」以老師的身份，直不籠統，質問皇帝為什麼不肯接見，是否不願意聽他講些「親君子，遠小人」的勸告？他很擔心哲宗拒見自己老師的舉措，會讓朝廷有識之士「驚疑而憂慮」，其實就是反映了他本人的憂慮，感到「山雨欲來風滿樓」的不祥預兆，朝政要出現大變，元祐更化要結束了。他說自己已經離京，也不求再登殿面聖，但還是要「少效愚忠……不敢以不得對之故，便廢此言」。他長篇累牘寫了這篇奏狀，苦口婆心，說了什麼呢？主要就是勸喻皇帝，不要貿然改動政策，要「識邪正值實，然後應物而作」，不要聽從「急進好利之徒」，做出輕舉妄動的政策翻案。其實，蘇軾離京赴定州任的時候，心裏已經有數，知道哲宗不再理會他的勸喻，已經對他做出了切割，把他隔絕在宮墻之外，成了執政權力運作的局外人，就像他後來在詞中寫的後半片：「牆裏鞦韆牆外道。牆外行人，牆裏佳人笑。笑漸不聞聲漸悄，多情卻被無情惱。」

蘇軾離開京城之後，政局急轉直下。哲宗親政，完全不理會蘇軾的勸喻，做了一百八十度的政策逆轉，政壇掀起了狂風驟雨，颳落在元祐黨人身上。元祐九年改元為紹聖元年（1094），朝中重臣一一落馬，貶到偏遠地方，過去靠邊站的新政人物重新粉墨登場，開始對元祐黨人進行一系列的打擊與貶謫。這些遭貶的朝廷重臣都是蘇軾的親朋好友，身處政治漩渦的中心，首當其衝，蘇軾遭殃的命運也就屈指可數了。三月四日，先對首相呂大防開刀，貶知穎昌府，兩天後又改知永興軍。擔任副宰相職務的參知政事蘇轍，是蘇軾的弟弟，也於三月二十六日，因為反對政策的逆轉，貶知汝州。四月十二日正式改元「紹聖」，取消了「元祐」年號，明確宣告天下，國家的政策已經轉向，要紹述神宗皇帝熙寧、元豐年間推行新法的「聖政」。四月中旬，侍講學士范祖禹出知陝州。緊接着另一宰相范純仁出知穎昌府。閏四月三日，蘇軾因為「前掌制命語涉譏訕」的罪名，被免去端明殿學士兼翰林侍讀學士的稱號，撤銷他定州知州的職務，以左朝奉郎官階（正六品上），降職為英州（今廣東英德）知州。蘇軾的朋友接二連三都遭到貶斥，到閏四月十三日，禮部侍郎孔武仲出知宣州，四月十四日工部尚書李之純出知單州。

蘇軾接到誥命之後，寫了《英州謝上表》，顯示他

早已預期貶謫的命運，感歎自己到了衰暮之年，居然流放到嶺南瘴癘之地：「累歲寵榮，固已太過。此時竄責，誠所宜然。瘴海炎陬，去若清涼之地；蒼顏素髮，誰憐衰暮之年。」然而朝中新貴還不滿意，認為處罰太輕，接着又傳來更新的詔令，降他為左承議郎（正六品下），官階又降了一級。他離開定州，千里迢迢往嶺南赴任的途中，又第三次接到誥命，「合敘日不得與敘」，也就是不准他以後參與敘官的程序，再也不給他升官的機會了。這還不算，接着還來了第四次致命性打擊的誥命：「落左承議郎，責授建昌軍司馬，惠州安置，不得簽書公事。」也就是不給他官做了，撤銷正六品下的官銜身份，降級掛名的職務，派到惠州看管起來。等他到了江西，居然還來了第五道誥命：「落建昌軍司馬，貶寧遠軍節度副使，仍惠州安置。」朝廷打擊蘇軾，一連下了五道誥命，像催命符一樣，一道比一道嚴酷，目的是什麼呢？就是要把你打趴在地，還要踏上一隻腳，讓你永世不得翻身。

《蘇軾詞集校注》卷二指出，紹聖元年的政壇鬥爭就是蘇軾寫《蝶戀花·春景》的背景，寫他的失落與惆悵，寫芳草流落天涯：「蘇軾此詞就寫於這批元祐人士紛紛被趕出朝堂的初夏時節。所以這首傷春傷情的小詞絕非泛泛之作，而是他此時此地沉痛心情的抒發……

芳草就是楚辭『美人香草』的香草，喻正人君子，而今都遠竄天涯。……『多情卻被無情惱』，正是他多年來對宋王朝一片忠心而卻遭貶嶺南的最恰當的寫照。」假如我們不拘泥於特定的寫作時間，究竟是紹聖元年蘇軾貶赴嶺南途中，還是紹聖二年作於惠州，則上述的政治鬥爭與貶謫歷程，的確反映在這首小詞之中，通過香草美人的藝術隱喻，展現得淋漓盡致。當然，這也並不否定這首小詞作為情愛失落與惆悵的傑作，可以安慰世上所有失戀人癡心的靈魂。

艾朗諾在《美的焦慮：北宋士大夫的審美思想與追求》書中，探討蘇詞的風格，指出蘇軾的詞與前人（如晏殊、柳永、歐陽修）最大不同之處，是在抒情言事之中，直率表達了高度個人化的情感。我認為艾朗諾對蘇詞「豪放」傾向的觀察，側重於蘇軾作為詩人，要在詩情中展現自我，肯定與尊重自我人格本體，是十分深刻的見解。特別是蘇軾經歷了烏臺詩獄之後所寫的詞，經常婉轉杳渺而又曲折地表達自己對生命的態度，對政治環境惡劣的抗拒，對美好理想的嚮往，對自己道德人格的肯定，也就結合了個人命運的自我追求與文字藝術的創新探索。正是在這個意義上，《蝶戀花·春景》所表達的香草美人寓意，就顯得特別深刻，也是歷來評論家繞不過去的議題，原因很簡單，因為那就是蘇軾個人化

詩情所要展示的層次繽紛的意蘊。

（五）

一九六零年代初，好萊塢推出了一部愛情片
Splendour in the Grass，由拍攝《慾望街車》與《岸上
風雲》的伊力·卡山（Elia Kazan）執導，娜妲麗·華
（Natalie Wood）和華倫·比提（Warren Beatty）主演。
影片在港台地區上演，家喻戶曉，轟動一時，譯名《天
涯何處無芳草》。我那時上中學，對愛情與家庭幸福有
一種懵懵懂懂的嚮往，對影片展現海誓山盟的幻滅、反
映生命際遇不能盡如人意的結尾，感到極大震撼，產生
無限悵惘。影片結尾出現了一段英詩字幕，點明了影片
原名是有來歷的。當時只是覺得，英詩詩句「splendour
in the grass」借用「天涯何處無芳草」作為中文片名，
是神來之筆，模模糊糊感到英詩詩句頗富哲理，但卻不
知道出自何處。

一直到我上大學，跟着英千里老師讀英國浪漫
詩，才知道影片結尾的詩句，出自華茲華斯的 *Ode:
Intimations of Immortality from Recollections of Early
Childhood*（《童年天真頌》）："Though nothing can
bring back the hour/Of splendour in the grass, of glory
in the flower?/We will grieve not, rather find/Strength

in what remains behind"，講的是經過歲月蹉跎，青春年華已逝，也只能直面慘淡的人生，從童真的天人體悟，尋求慰藉與幸福。我後來把這幾句詩的意思，不按格律，勉強譯成中文：「昔日璀璨今已逝／再無芳草與鮮花／無需傷懷與悲愴／知音尋覓在天涯。」詞意居然相當接近蘇東坡的《蝶戀花》一詞，也因此佩服電影界前輩的學殖與巧思，善於聯繫蘇詞與華茲華斯，引為片名。

影片《天涯何處無芳草》的故事，發生在一九二零年代末的美國中西部，時代背景是華爾街大崩盤前後，描繪一對青年男女癡心相戀，卻因時代保守風氣與家庭糾葛，好事多磨，各自經歷了天真理想的幻滅。故事講述人生際遇，往往與自己的願望相違，會遭遇父母的干預與家庭的變故，還有突如其來的時代橫逆。男主角學業不佳，遭到名校退學，父親又因股災破產跳樓自殺；女主角遭人凌辱，住進精神病院。經濟大恐慌之後，女主角病癒回鄉，見到過去風神瀟灑的情人已是一介邊邊農民，感慨萬千。影片對生命經驗反思的靈感，應該是來自華茲華斯的詩情，與蘇東坡寫《蝶戀花》的境遇完全無關，但卻闡述了類似的人生體悟，倒是值得我們思考：古今中外，人們經歷的生老病死、悲歡離合、生離死別，對具體的個人而言，其實都有類似之處，會產生

風月同天的普世感悟。文學傑作之所以成為藝術典範，流傳千古而不衰，也是因為作者有着刻骨銘心的經歷，展示了深刻的感悟。

蘇東坡寫《蝶戀花》注明了是「春景」，寫的是暮春時節、從季節變化看到時間流逝：「花褪殘紅青杏小。燕子飛時，綠水人家繞。枝上柳綿吹又少，天涯何處無芳草。」接着是時序變化給他的生命感懷：「墻裏鞦韆墻外道。墻外行人，墻裏佳人笑。笑漸不聞聲漸悄，多情卻被無情惱。」墻裏墻外，說的是人際的隔絕，即使我們撇開元祐、紹聖年間的政壇風雲變幻，至少可以上升到社會階級分化，聯想到杜甫的「朱門酒肉臭，路有凍死骨」，也與宋明以來流傳在江南的民歌《月兒彎彎》有異曲同工之效：「月兒彎彎照九州，幾家歡樂幾家愁。幾家夫婦同羅帳？幾家飄散在他州？」訴說人們經歷了離散，看到有人團圓，有人流浪，不禁觸發深沉的感傷與悲憫。杜甫《佳人》一詩有句：「但見新人笑，那聞舊人哭。在山泉水清，出山泉水濁。」說得十分決絕與心痛，表達了生命際遇的變化與情感的落差。這是否出於造化之手的撥弄，我們無法知道，但是悲愴與悔恨之痛徹心骨，卻是實實在在的。多情的是有血有肉的人，無情的是無窮無盡的時間，生命既短暫又波折，怎能不惱？

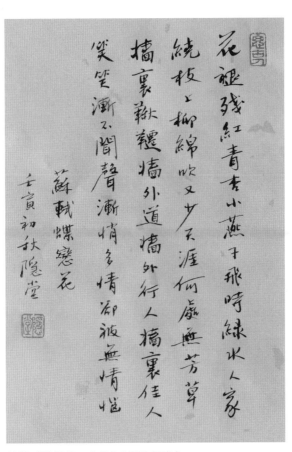

蘇軾《蝶戀花·春景》（鄭培凱書）

輯三

書法

黃庭堅評東坡書法

（一）東坡與徐浩

宋代書法四大家，蘇（軾）、黃（庭堅）、米（芾）、蔡（襄），雖然以蔡襄的年紀最大，卻是蘇軾佔了鰲頭，成為宋代書法的領軍人物，黃庭堅、米芾都深受影響，開一代新風。關於蘇軾書法的藝術成就，一般總是說他早期學二王，並且受到徐浩的影響，後來師法顏真卿，發展出自己的風格。認真探究起來，徐浩對蘇軾的影響究竟有多大，很是值得探討的問題，只是傳統書學長期以來有這個說法，而且經常舉黃庭堅的評論為證，似乎成了定論。

黃庭堅評論蘇軾學書的歷程，最重要的一篇題跋，後來刊印在《山谷題跋》中，提到了徐季海（徐浩），是研究者經常引用的資料。天津博物館藏有宋拓《西樓蘇帖》，其中就有黃庭堅跋蘇軾的書頁。《西樓蘇帖》是宋人汪應辰搜集蘇軾書法刊刻的帖石拓本，三十卷全本早已失傳，世傳法帖只見殘本。現存的宋拓殘本，海內外僅見六冊，即天津博物館所藏五冊，北京市文物公司所藏一冊。因為是宋拓，最近於原來書跡，也就最具有研究價值，彌足珍貴。天津博物館所藏《西樓蘇帖》

有「晉府本」一冊，黃庭堅的書跋就在其中，解說資料如下：

此冊帖心縱 30.6、橫 23.5 釐米，共 32 開，錦面清裝裱，收錄了蘇軾與程正輔、俞汝尚等親友的書信，並黃庭堅書跋一則。蘇軾行書書信，「不矜而妍，不竦而莊。」帖首清·阮元題「成都蘇帖」，帖中鈐「晉府書畫之印」，「瑛蘭坡家珍藏」、「江邨秘藏」、「彊齋秘笈」等收藏印，以及先後有清高士奇、成親王永瑆、梁同書、鄭孝胥、楊守敬、端方題跋。此單冊與另外 4 冊曾分別流傳於世，端方於宣統元年搜集在一起，民國初年歸天津徐世昌，上世紀 50 年代入藏天津博物館。

此拓本墨色濃郁，字口清晰，書寫、摹刻、傳拓均在北宋與南宋之間，與原跡相差無幾，堪稱下真跡一等。此帖 60 餘件作品中，除草書、楷書外，大多為行楷書，包括了蘇軾早、中、晚年的作品，集蘇書之大成，可以管窺其書法藝術的發展軌跡和傑出成就。黃庭堅書跋釋文：「東坡道人少日學《蘭亭》，故其書姿媚似徐季海。至酒酣放浪，意忘工拙，字特瘦勁乃似柳誠懸。中歲喜學顏魯公、楊風子，書其合處不減北海。至於筆圓而韻

勝，挾以文章妙天下，忠義貫日月之氣，本朝善書者自當推為第一人。數日年後，必有知余此論者。紹聖五年五月己酉，渝州覺林寺下舟中書遺維昉上人。」

釋文説「姿媚似徐季海」，其實有誤，應該是「姿媚似徐浩」；「其合處不減北海」，則漏了「李北海」的「李」字；「數日年後」不通，因為「日」字漶漫，或許是誤讀了「數百年後」。出現明顯錯誤的原因是抄襲了刊印的《山谷題跋》，沒有仔細對照拓本文字。這就給了我們一個警訓，讀古人評論文字，特別是還有書跡在世，不可大而化之，必須慎思明辨，謹嚴從事。黃庭堅題跋的真正寓意何在？他認為蘇軾學習書法，究竟師法哪幾位大家？題跋中明確指出，蘇軾學王羲之《蘭亭》，學顏真卿，學楊凝式，沒説他學徐浩，沒學柳公權，也沒學李陽冰。只是在不同時段的特殊情況下，類似或合乎後三者的風格面貌。

近年有人寫了專論，討論徐浩對蘇軾的影響，指出黃庭堅跋蘇東坡《黃州寒食詩帖》，就説蘇軾學徐浩，襲用流傳的説法，正式引了這麼句話：「其徐會稽之圓勁，顏魯公之肥腴，李北海之欹側」，因此，徐浩對東坡書法的影響，由《寒食帖》的黃庭堅跋語可以得到印

證，不容置疑。引黃庭堅跋語，當作黃庭堅的認證，言之鑿鑿，似乎是研究學問的實證手段，不過，引文要依照原話，不可上下其手，改動文句，作為配合自己論點的證據。黃庭堅《寒食帖跋》的原文是什麼呢？請看：「東坡此詩似李太白，猶恐太白有未到處。此書兼顏魯公、楊少師、李西臺筆意，試使東坡復為之，未必及此。它日東坡或見此書，應笑我於無佛處稱尊也。」【見《寒食帖》黃庭堅跋插圖】黃庭堅指出的是，東坡在《寒食帖》中兼有的筆意，有顏真卿、楊凝式、李建中（西臺），哪裏有徐浩的影子？專論又說，黃庭堅對徐浩書法的評價是：「書家論徐會稽筆法：『怒猊抉石，渴驥奔泉。』以余觀之，誠不虛語。」「怒猊抉石，渴驥奔泉」，確是古人對徐浩的評語，黃庭堅也曾如此引用，不過引用的語境卻不是稱讚徐浩，而是說徐浩當不起這樣的讚譽，而東坡書法才適合如此稱頌。黃庭堅的原話是：「東坡此書，圓潤成就，所謂怒猊抉石，渴驥奔泉，恐不在會稽之筆，而在東坡之手矣。」（《跋東坡水陸贊》）寫一篇論文，如此斷章取義，假造證據，混淆是非，實非學術討論之福，也陷古人於不義。

其實，黃庭堅說東坡的中年書法近似徐浩，也只是說說而已，並非認真的定性論斷，在《跋東坡書》一文中，黃庭堅原來是這麼說的：「東坡書如華嶽三峰，

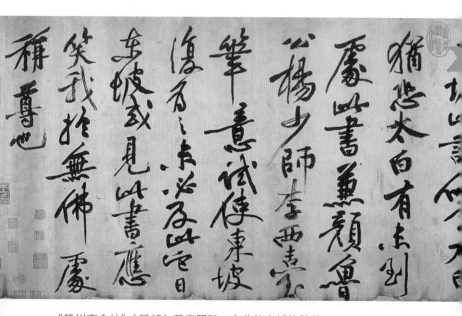

《黃州寒食帖》（局部）黃庭堅跋，台北故宮博物院藏

卓立參昂，雖造物之鑪錘，不自知其妙也。中年書圓勁而有韻，大似徐會稽。晚年沉着痛快，乃似李北海。此公蓋天資解書，比之詩人，是李白之流。」真正要說的話，是前面兩句讚歎東坡書法，有如華山的雄偉壯麗，更卓然特立於參昂星辰之間，是天地間難以企及的神妙之品。後面說中年像徐浩，晚年像李北海，只是形容書法的外貌，陪襯前面讚歎的附帶比方，是文章筆法的延續，提供形象描述，便於一般人的理解。

黃庭堅多次以蘇軾的書法與古來書家並列，述及晉唐大家對東坡的影響，卻不曾標舉出徐浩是真正的重要關鍵。上述這段引文，前面還有更清楚的論列，說明黃庭堅對晉唐大師的崇拜，以及東坡在書法史上的地位：「余嘗論右軍父子以來，筆法超逸絕塵，惟顏魯公、楊少師二人……予與東坡俱學顏平原，然余手拙，終不近也。自平原以來，惟楊少師、蘇翰林可人意爾。」在《跋東坡墨跡》（即上文《西樓蘇帖》黃庭堅跋的刊印本）中說，「東坡道人少日學《蘭亭》，故其書姿媚似徐季海。至酒酣放浪，意忘工拙，字特瘦勁，迺似柳懸誠。中年喜學顏魯公、楊風子書，其合處不減李北海。至於筆圓而韻勝，挾以文章妙天下，忠義貫日月之氣，本朝善書，自當推為第一。」文字與宋拓本有出入，但意思相同，說的是，蘇軾年輕時學的是王羲之的書法一

脈，字體的姿媚形態會像徐浩，隨興自然不受拘束的時候，像柳公權的瘦勁。中年以後學的是顏真卿、楊凝式，而有李北海的風韻。這也可以從蘇軾自己的論述得到印證：「自顏、柳沒，筆法衰絕。加以唐末喪亂，人物凋落磨滅，五代文采風流掃地盡矣。獨楊公凝式筆跡雄傑，有二王、顏、柳之餘。此真可謂書之豪傑，不為時世所汨沒者。」（《評楊氏所藏歐蔡書》）不論是黃庭堅的跋，還是蘇軾自己的論述，很清楚表明，蘇軾學書法，是從二王、顏真卿、楊凝式吸取精髓，與徐浩關係不大，甚至根本沒有關係。書法外表的體貌有類似之處，而令人感到風格相近，是因為秀美而有姿媚的傾向，但是氣骨不同，也就沒有真正藝術審美精神的承襲關係。

黃庭堅頌揚東坡書法不遺餘力，認真探究東坡書法的歷史地位，同時也以之比擬形貌相近的書家，這就在他論述中出現了模糊的空間，容易讓人誤讀他的本意。歸結起來，他對東坡書法的定位是：師法二王、顏真卿、楊凝式，這是氣骨精髓的承襲與發展；而在字形章法的姿態上，與徐浩和李北海有貌似之處，則是觀賞的表面印象。在《跋東坡帖後》，黃庭堅是這麼評定晉唐以來書法傳承脈絡的：「余嘗論右軍父子翰墨中逸氣，破壞於歐、虞、褚、薛，及徐浩、沈傳師，幾於掃地。

惟顏尚書、楊少師尚有髣髴。比來蘇子瞻獨近顏、楊氣骨。」明説了二王之後，唐代諸家書法破壞了書法的超逸風氣，而徐浩之類更是垃圾，只有顏真卿、楊凝式傳承了書法藝術的精髓，而東坡則能承襲超逸的氣骨。黃庭堅多次申説這個看法，如説「余嘗論二王以來，書藝超軼絕倫，惟顏魯公、楊少師，相望數百年，若親見逸少。又知得於手而應於心，乃輪扁不傳之妙。賞會於此，雖歐、虞、褚、薛，正當北面爾。自為此論，雖平生翰墨之友聞之，亦憮然瞠若而已。晚識子瞻，評子瞻行書當在顏、楊鴻雁行，子瞻極辭謝不敢。雖然，子瞻知我不以勢利交之而為此論。」（《跋李康年篆》）黃庭堅的議論，在宋代的確有點驚世駭俗，貶低了初唐書法四大家歐陽詢、虞世南、褚遂良、薛稷，突出顏真卿與楊凝式，並指出蘇東坡可以和顏、楊並駕齊驅。

黃庭堅對東坡書法極其傾倒，立論堅守書法的氣骨境界，要有超逸的精神，不可媚俗，也不為世俗風尚而左右。他在多處發揮這個觀點，如説：「東坡先生不解世俗書，而翰墨滿世。」（《題東坡小字兩軸卷尾》）「東坡書，隨大小真行，皆有嫵媚可喜處。今俗子喜譏評東坡，彼蓋用翰林侍讀之繩墨尺度，是豈知法之意哉？余謂東坡書，學問文章之氣，鬱鬱芊芊，發於筆墨之間，此所以他人終莫能及爾。」（《跋東坡書遠景樓賦後》）

所以，他堅持蘇東坡的書法是宋代天下第一：「翰林蘇子瞻，書法娟秀，雖用墨太豐，而韻有餘，於今為天下第一。」（《跋自所書與宗室景道》）

（二）藝品與人品

蘇軾的兒子蘇過（1072-1123）最反對東坡學徐浩的說法，在《斜川集》卷六中說：

> 吾先君子，豈以書自名哉？特以其至大至剛之氣，發於胸中而應之以手，故不見其有刻畫嫵媚之工，而端章甫，若有不可犯之色，知此然後知其書。然其少年喜二王書，晚乃喜顏平原，故時有二家風氣。俗子初不知，妄謂學徐浩，陋矣。公之書如有道之士，隱顯不足以議其榮辱。昔之人有欲擠之於淵，則此書隱，今之人以此書為進取資，則風俗靡然，爭以多藏為誇。而逐利之夫臨摹百出，朱紫相亂，十七八矣。嗚呼，此皆書之不幸也。

蘇過捍衛他父親書法超逸的精神境界，強調的是胸中勃發的浩然之氣，就像蘇軾稱讚表兄文同畫竹，是「胸有成竹」的。世俗之士，不懂這個道理，只從外表形貌來判斷，說蘇軾書法學徐浩，簡直是荒唐，是鄙陋

之見。

　　黃庭堅說東坡的字「圓潤成就」「字形溫潤」「筆圓而韻勝」，這些特色都與徐浩書法在外貌上類似，因此，有人說東坡書法與徐浩可以呼應，也師出有名。黃庭堅雖然一味貶低徐浩，也曾說過：「東坡少時觀摹徐會稽，筆圓而姿媚有餘。中年喜臨寫顏尚書真行，造次為之，便欲窮本。晚乃喜李北海書，其毫勁多似之。」從字體的豐腴肥厚，用墨濃重而言，東坡的字與徐浩筆法是有接近之處，也無怪世間總是有東坡學徐浩的說法。但是，從書法追求的藝術獨創精神來說，東坡書法的境界與徐浩就不可同日而語，這是黃庭堅念茲在茲，反覆申說的論點，也是蘇過不滿俗子說他父親學徐浩的緣由。

　　從用筆施墨的技巧而言，蘇軾的好友李之儀指出：「東坡每屬辭，研墨幾如糊方染筆。又握筆近下，而行之遲，然未嘗停輟，渙渙如流水，逡巡盈紙。或思未盡，有續至十餘紙不已。議者或以其喜濃墨，行筆遲為同異，蓋不知諦思乃在其間也……要之，東坡之濃與遲，出於習熟。」（《姑溪居士文集》卷十七）還說，「東坡捉筆近下，特善運筆，而尤喜墨，遇作字，必濃研幾於糊，然後濡染。」（同上，卷三十八）李之儀本身也是書法家，很能體會東坡寫字的特性，研墨濃重，用筆

遲緩，卻毫不間斷，跟創作的藝術思緒緊密結合，綿綿
不絕，渙渙如流水，有如早春的冰雪融化，涓涓成為溪
流。用東坡自己的話來說，就跟寫詩作文一樣，「大略
如行雲流水，初無定質，但常行於所當行，常止於所不
可不止，文理自然，姿態橫生。」

東坡書法的姿態，最顯著的是豐腴肥厚，圓潤濃
重，打個不太尊敬的現代比方，很有點海派本幫菜餚
「濃油赤醬」的意味。曾敏行《獨醒雜志》卷三記載了
這樣一則故事：

> 東坡曰，「魯直（黃庭堅字）近字雖清勁，而
> 筆勢有時太瘦，幾如樹梢掛蛇。」山谷曰，「公之
> 字固不敢輕議，然間覺褊淺，亦甚似石壓蛤蟆。」
> 二公大笑，以為深中其病。

兩大書家相互調笑，東坡說黃庭堅的字瘦峭，像
一條掛在樹梢的蛇，黃庭堅回應一句，說東坡的字肥
扁，像壓在石頭下的蝦蟆。兩人玩笑戲弄，比喻得有點
刻薄，卻相視莫逆，成為朋友間的一段佳話，倒也反映
兩人書法各有特色。曾敏行說「以為深中其病」，未免
是皮相之見，容易誤導後人的認識，以為藝術特色是
「病」。其實兩人的謔弄話語，真正道出了各自書法藝

術創作的獨創風格，是蘇東坡與黃庭堅在書法史上不朽的原因。最典型的例證，就是東坡的《寒食帖》以及黃庭堅的跋，出現在同一幅長卷上【見《黃州寒食帖》插圖】，顯示了同樣學習顏真卿的書法精神，卻展現南轅北轍的外貌，凸顯個人的藝術風格，以樹梢掛蛇對照石壓蛤蟆，相映成趣。

前人談蘇軾的書法，總是指出，他年輕時書寫風格比較俊秀，中年逐漸沉穩蘊藉，是學習了顏真卿筆力的豐腴厚重。黃庭堅特別強調這個看法，也是蘇軾自己首肯的。蘇軾三十四歲（1069）的時候，在當時可算是中年了，寫過《石蒼舒醉墨堂》一詩，其中說到自己寫字的體會：「我書意造本無法，點畫信手煩推求」，是在自娛自樂之中追求藝術情趣。在他四十六歲，貶謫到黃州第二年（1081）之時，有姓唐的朋友為他展示了六家書法，有智永禪師、歐陽詢、褚遂良、張旭、顏真卿、柳公權的書跡作品，他寫了《書唐氏六家書後》，其中談到浸淫書法的體會：「今世稱善草書者或不能真、行，此大妄也。真生行，行生草，真如立，行如行，草如走，未有未能行立而能走者也。」明確說出，先掌握了楷書的訣竅，才能寫好行書，然後才能寫草書。還不會站立，不會走路，就想健步如飛，那是不可能的。東坡批評，有些人自誇草書寫得好，卻不會寫楷書，不會寫

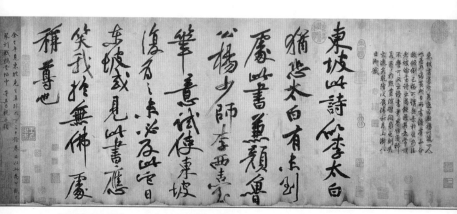

《黃州寒食帖》，台北故宮博物院藏

自我来黄州已過三寒
食年、欲惜春、春不
容惜今年又苦雨两月
秋萧瑟卧闻海棠花泥
污燕支雪闇中偷負
去夜半真有力何殊少
年病起須已白

春江欲入户雨势来
不已小屋如渔舟濛濛
水雲裏空庖煮寒菜
破灶烧湿葦那
知是寒食但見乌
銜纸君門深九重
也拟哭途穷死灰吹不起

九重坟墓在万里也拟

行書，根本是胡說八道。

蘇軾還從書家的人品與性格，聯繫藝術創作的神思過程，反思藝術境界的追求：「世之小人，書字雖工，而其神情終有睢盱側媚之態，不知人情隨想而見，如韓子所謂竊斧者乎，抑真爾也？然至使人見其書而猶憎之，則其人可知矣。」蘇軾所舉的「竊斧」典故，其實出自《列子》與《呂氏春秋》，說的是有人懷疑鄰居偷了斧頭，就覺得鄰居的舉止行徑都像個小偷。《韓非子》也說過「智子疑鄰」的故事，說的是天雨牆壞，兒子與鄰居都說會發生盜竊，結果真的發生了。「其家甚智其子，而疑鄰人之父。」蘇軾舉證不那麼嚴謹精確，有點混淆，不過，意思是明白的，就是以「竊斧疑鄰」比喻書家與書法的關係，是說人品不正，對藝術創作缺少自我把持與執著，作品也就扭捏作態，諂媚俗好。

《王直方詩話》探討蘇軾論文章的審美境界，曾引與蘇門學士來往密切的晁以道（晁說之，1059-1129）之言：「近見東坡說，凡人作文字，須是筆頭上挽得數萬斤起，可以言文字已。」蘇軾相信，寫文章要胸中有浩然磅礡之氣，才能筆力萬鈞，同樣的道理，也適用於他對書法的態度。關於寫字技巧，陳師道（1053-1102）有過細膩的觀察，指出蘇軾與黃庭堅寫字都不懸腕，說他們與王羲之的書寫方式不同：「蘇黃兩公皆喜書，不

能懸手。逸少非好鵝，效其腕頸耳，正謂懸手轉腕。而蘇公論書，以手抵案，使腕不動為法，此其異也。」（《後山叢談》卷一）他做的解釋非常有趣，以王羲之愛鵝作為書寫技巧的張本，認為王羲之不是真的愛鵝，而是模仿鵝的長脖子婉轉流動的姿態，可以化為「懸手轉腕」書寫方法。蘇軾的書寫方式不同，把手臂放在書案上，保持手腕的姿態穩定，不隨便轉動，是與王羲之不同的。雖然陳師道是「蘇門六君子」之一，熟悉蘇軾的文章與書法，但是，這段論述大概形容的只是蘇軾日常書寫中小行楷的情況。蘇軾也寫擘窠大字，恐怕就不能總是「以手抵案」了。

蘇軾寫字有自己的體會，對人品與藝品的關係，再三致意，也就是黃庭堅崇尚東坡書法的根本原因。所謂「字如其人」，不是要書法藝術家化身為社會規範的道德表率，而是希望書家能夠本着純粹的藝術追求，有一種不求功利、不為世俗風氣左右的「不食人間煙火」精神（黃庭堅也用類似的話語，稱讚東坡在黃州寫的《卜算子》一詞），在審美品味的領域為文化承傳開拓創新的局面。

蘇軾定惠院書跡

　　蘇軾的書法是中華文化的瑰寶，豐腴多姿，爽朗靚麗，讚頌者多，研究討論的也多。大體而言，是年輕時學王羲之《蘭亭序》一脈，俊秀英挺之中有姿媚之態，中年以後學顏真卿，筆力圓潤豐厚，沉穩流暢，出現獨特的個人藝術風格。

　　蘇軾中年以後，因為批評王安石新政，在朝廷政治漩渦中受到排擠，外放為官，擔任過杭州通判、密州知州、徐州知州、湖州知州等官職。他在元豐二年（1079）擔任湖州太守，上任後照例謝恩，寫了《湖州謝上表》，沒想到惹出「烏臺詩獄」那一場大禍，在御史臺獄中關了一百三十天，到除夕之前才倖免殺頭之災，貶到黃州，掛名水部員外郎充黃州團練副史，不准參與公務。就是變相軟禁，讓地方官看管起來，不許他亂説亂動。那麼，他中年之後發展出的獨特風格，與他貶謫黃州的滄桑歲月，是否相關呢？顛沛流離的流放與困蹇侷促的生活，是否影響了他書藝發展的方向、提升了他獨特的藝術風格，以至於黃庭堅佩服得五體投地、說他「獨近顏、楊氣骨」、是宋代善書的第一人呢？更值得我們思考的，是個普遍性的審美難題，藝術風格的

展現與藝術家的人品與經歷，是否有着緊密相連的關係呢？假如有，是怎麼具體展現的呢？涉及書法，中國的老話說，「字如其人」、「見字如面」，那麼，蘇軾貶謫到黃州的痛苦經歷，是否在他書法中得到昇華，成就他獨特的藝術風格呢？

（一）《梅花詩帖》

蘇軾在風雪交加的嚴冬，從汴京出發，長途跋涉了一個月，趕往黃州貶地。元豐三年（1080）正月二十日，進入黃州境內麻城縣的岐亭，在翻越當地春風嶺的關山路上，看到飛雪中的的梅花，迎春綻放，的皪鮮明，不禁寫了《梅花二首》：

> 春來幽谷水潺潺，的皪梅花草棘間。一夜東風吹石裂，半隨飛雪渡關山。
>
> 何人把酒慰深幽，開自無聊落更愁。幸有清溪三百曲，不辭相送到黃州。

這兩首詩詠物而抒情，寫出了蘇軾的貶謫心境，在悲苦之中還盼望着生命的春天，頗有深意。第一首是即景生情，寫風雪未歇之際，在岐亭春風嶺的關山道上，看到山路邊上雜草荊棘叢生，卻有梅花迎着飛雪綻放，

的爍光鮮，明艷欲滴。在這嚴冬飛雪之際，蘇軾以罪人之身，走在崎嶇的山路上，寒風凜冽，呼嘯過凍裂的山岩之間，此情此景，看在戴罪之身的蘇軾眼裏，倍感顛沛流離，實在是無比淒涼。第二首寫的是時令已經過了雨水節氣，大化輪轉，幽谷中溪水潺潺，春天的信息悄悄傳來，梅花在叢蕪中綻放，讓詩人感到大自然的生命正在復甦，也使得愁緒滿懷的蘇軾雖然身陷困頓，遠離廟堂，淪落江湖，但是生命還會繼續，清溪潺潺，飄送着落花，讓他感受突如其來的歡愉，也陪伴着他的貶謫之身，一路護送到黃州。

天津市藝術博物館藏有宋拓《西樓書帖》，其中的《梅花詩帖》就是《梅花二首》的第一首，第一句有一個字不同，是「春來空谷水潺潺」。這幅字作於元豐三年二月十日酒後，是剛到黃州、寓居定惠院之時，距關山幽谷遇見梅花已二十天。全帖共六行，28 字，是比較少見的東坡大草，一開始還有行書的味道，逐漸由行入草，也就是蘇軾自己形容的「能行立而能走」，而且字體開始放大，不受體型的拘束。到了第三行，字體奔放起來，不止是「能走」，簡直開始飛奔了，六個字像不受羈絆的野馬，想要騰躍出預設的行間。最值得注意的是，寫到行底的「吹」字，餘下的空間已經不夠，於是出現了黃庭堅所謂「石壓蛤蟆」的尷尬情況，好像孫

悟空給壓在五指山下，連氣都喘不過來，不要說「吹」了，根本就是在憋氣。於是，到了下一行，我們就看到東坡筆鋒一揮，呼出一口大氣，吹得「亂石崩雲」，完全不管行距，也不管字體大小，從原先六個字一行，變成四個字一行，而且龍飛鳳翥，海闊憑魚躍，天空任鳥飛。從第四行底的「隨」到第五行的「飛」字，我們可以感到蘇軾終於釋放了胸懷，擺脫了監禁四個多月牢獄之災的鬱悶，可以讓自己的藝術心靈飛上青天了。從第五行的「飛」字開始，一發不可收，從三個字一行，到最後「關山」兩個字末行結尾，真是大開大合，全然不顧書寫的金科玉律，任憑胸中的浩然之氣噴薄而出。可以看出，《梅花詩帖》的書法，與《梅花二首》的詩情是完全一致的，顯示了蘇軾在顛沛流離之中，從悲苦困頓的壓抑心情突圍而出。冬天的冰雪總會消融，春暖花開是天道循環，早早晚晚有雲開霧散的時候，筆墨也隨着詩情翱翔，伴隨着潺潺清流，一路護送到黃州。

　　我們可以注意一下《梅花詩帖》的通篇結構，一共六行，第一行七個字，第二行、第三行各六個字，第四行四個字，第五行三個字，第六行兩個字。七、六、六、四、三、二，完全沒有固定的規範，真如東坡自己說的，「大略如行雲流水，初無定質，但常行於所當行，常止於所不可不止，文理自然，姿態橫生。」這絕

對不是預先安排好的佈局，而是下筆之後，隨興而行，一鼓作氣，勢如牛群在大草原上奔騰，擋者披靡。由此我們也可以知道，為什麼黃庭堅會説，「怒猊抉石，渴驥奔泉」這樣的比方，徐浩是不配的，只有東坡可以當之無愧。這與蘇軾稱讚他表哥文同畫竹「胸有成竹」，是一個道理，藝術家的人品與心境決定藝術作品的境界。當藝術家的內心世界自我完足，不為外物牽扯，「泰山崩於前而色不變，麋鹿興於左而目不瞬」（蘇洵《權書．心術》語），藝術展現的境界與藝術家內心的境界相配合，藝術品才能展示驚心動魄的魅力，這才是蘇軾與黃庭堅相信「字如其人」的體會，而非俗濫的道德人格闡述。

（二）《到黃州謝表》

蘇軾在風雪中長途跋涉，心境必定有過起伏。他路過陳州，見到去年逝世的文同的兒子即將扶柩歸喪四川，感慨萬千，寫下這樣的詩句：「君已思歸夢巴峽，我能未到説黃州。此身聚散何窮已，未忍悲歌學楚囚。」想到教他畫竹的表哥文同曾經在他之前擔任湖州太守，居然奄忽已逝，靈柩流落在遠離故鄉的陳州，還待兒子運回老家；而自己在湖州太守任上，居然受人誣陷，流落到貶謫黃州的下場，人生悲歡聚散實在難

料。他在陳州還見到趕來相會的弟弟蘇轍，感歎放逐的處境，前途茫茫，恐怕只能流落在齊安（黃州）當個老百姓，永遠回不到故鄉四川了：「此別何足道，大江東西州。畏蛇不下榻，睡足吾無求。便為齊安民，何必歸故丘。」蘇軾怎會不想回到故鄉呢？詩中只是感慨遭到放逐，身處貶謫上路的情景，僥倖不死，只好逆來順受，到黃州去當個平頭百姓了。度過關山道，寫《梅花二首》的時候，心境大有好轉，在寒冬中見到了梅花綻放，在詩中顯示了春水潺湲的消息，在書寫詩帖之際，更流露了壓抑的心境終於在筆墨之間得以釋放，在藝術想像世界中得以飛翔。

蘇軾在二月初到達黃州，處境相當淒涼，除了隨行的長子蘇邁，全家老小十來口人都沒能跟在身邊同行，留給了弟弟蘇轍照顧。「始謫黃州，舉目無親」（《蘇軾文集·尺牘·與徐得之》），一個人孤孤單單，衣食無着，寄寓定惠院僧舍。到第二年開闢了東坡荒地，勞其筋骨，躬耕自食，才算解決了吃飯問題。他初到黃州的三個月，在僧舍中跟着和尚吃齋飯，寫了《到黃州謝表》，感謝皇上不殺之恩，指天發誓，説要閉門思過，終身吃素，報答皇恩，「指天誓心，有死無易。」有了上次寫《湖州謝上表》口無遮攔、遭人構陷、打入御史臺獄中幾乎喪命的經驗，這封謝表寫得規規矩矩。

從《黃州謝表》的書跡（浙江省博物館藏南宋《姑孰帖》第三）【見《到黃州謝表》插圖】來看，通篇文字在真行之間，更偏於老老實實的楷書，表示自己的循規蹈矩。

與同時書寫的《梅花詩帖》相比，特別醒目的差別，是在行距的工整，絕對沒有一絲僭越的意圖，也不留給佞倖小人誣陷的口實。仔細看帖中寫「臣」字（凡五見）與「軾」字（凡二見），筆畫或偏側或縮小，真是「誠惶誠恐」，唯恐觸怒龍顏。但是，整體而言，仍是一氣呵成，表明心跡，絕對不讓人感到囁囁嚅嚅，扭捏作態。元代袁桷《清容居士集》卷四十六，有篇《跋東坡黃州謝表》說，「昌黎公《潮州謝表》，識者謂不免有哀矜悔艾之意。坡翁《黃州謝表》，悔而不屈，哀而不怨，過於昌黎遠矣。」拿韓愈遭貶潮州寫的謝表與蘇軾謝表相比，認為蘇軾的氣骨比韓愈要高上一籌，緣由是蘇軾「悔而不屈，哀而不怨」。我們看蘇軾《黃州謝表》的書跡，就會感到筆墨的從容，即使是向皇帝發誓要閉門思過，書跡也和謝表的文章一樣，在循例謝恩之際，不減筆墨的淡定圓融，絕無奴顏婢膝的諂媚之態。蘇軾的人品與藝品是自我完足的，不會媚俗，也不向至尊權威搖尾乞憐。

蘇軾抵達黃州上謝表的時候，寓居定惠院，還寫

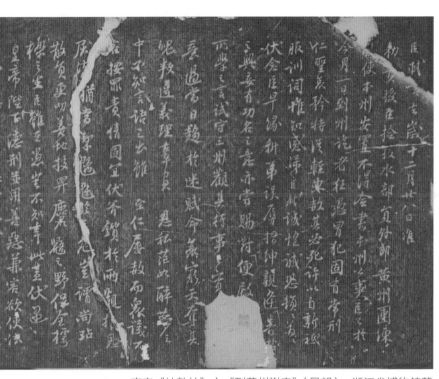

南宋《姑孰帖》之《到黃州謝表》（局部），浙江省博物館藏

了《初到黃州》一詩，充滿了自嘲，語氣卻十分歡快，好像下放到黃州也挺好：「自笑平生為口忙，老來事業轉荒唐。長江繞郭知魚美，好竹連山覺筍香。」一開頭說的「為口忙」，寓意雙關，先說的是口無遮攔，惹上朝中小人的嫉恨，坐了牢房，還差點殺頭，最後貶謫黃州，真是老來荒唐一場。再來語鋒一轉，說起黃州地方富饒，「長江繞郭知魚美，好竹連山覺筍香」，「口忙」成了口福。咦，不是在謝表裏說「惟當蔬食沒齒，杜門思愆」，而且「指天誓心，有死無易」，以報答朝廷嗎？怎麼垂涎起黃州的魚好，想吃了呢？這裏我們又見到蘇軾自我意識完足，隨遇而安的心境，謝恩是官家規矩，吃魚吃肉是生活，想得豁達一點，既然已經褫奪了一切公務職權，官家也就管不了「無業遊民」，兩者並不衝突的。

（三）《定惠院寓居詩稿》

蘇軾在定惠院借住了三個月，寫了好幾首詩，還創作了一闋著名的《卜算子》（缺月掛疏桐），展露他心境的變化，逐漸調適了忐忑起伏的心情波動，接受了離世幽居的生活環境，沉靜下來，思考前途茫茫的人生意義，希望自己不至於虛擲往後的生命。在這些詩作中，《定惠院寓居月夜偶出》二首與《寓居定惠院之東，雜

花滿山，有海棠一株，土人不知貴也》有書跡傳世。蘇軾在定惠院寫的詩，或許因為婉轉展示了他深沉的心跡，蘊藏着生命探索與自我定位的沉潛思考，自己十分珍惜，重複書寫過很多次，不知是否還有真跡存在天壤之間？幸好傳為《寓居月夜偶出》的初稿（有專家認為是明清勾摹本）現藏北京故宮博物院，在民國期間曾有珂羅版印本，而《海棠詩帖》（即《寓居定惠院之東，雜花滿山，有海棠一株，土人不知貴也》及《次韻前篇》）則有一卷真跡流入日本，曾經呈獻給天皇御覽，在文久二年（1826）刻石，拓本現藏早稻田大學圖書館。

《定惠院寓居月夜偶出》及《次韻前篇》兩首詩，見於《蘇軾詩集》卷二十，是為刊印的定稿。北京故宮所藏的詩稿，縱 30 釐米，橫 23.8 釐米，凡 12 行，255 字，可能是明清之際勾勒摹寫而成，展示原跡的面貌，纖細入微。2020 年夏，故宮博物院展出《千古風流人物：故宮博物院藏蘇軾主題書畫特展》，展品第 21 項即是此件詩稿，其後還有翁方綱的長跋。對比刊印定本，草稿上有許多刪改痕跡，又有缺失部分，以下簡單列出兩種版本的對照：

　　幽人無事不出門，偶逐東風轉良夜。參差玉宇（草稿下失「飛木末，繚繞香」）煙來月下。江雲

有態清（草稿失「自媚」），竹露無聲浩如（下失「瀉。已驚弱柳萬」）絲垂，尚有殘梅一枝亞。清詩獨吟還自和，白酒已盡誰能借。不惜（草稿改為「詞」）青春忽忽過，但恐歡意年年謝。自知醉耳愛松風，會揀霜林結茅舍。浮浮大甑長炊玉，溜溜小槽如壓蔗。飲中真味老更濃，醉裏狂言醒可怕。但當謝客對妻子，倒冠落佩從嘲罵。

去年花落在徐州，對月酣歌美清夜。今年黃州見花發，小院閉門風露下。萬事如花不可期，餘年似酒那禁瀉。憶昔還鄉泝巴峽，落帆樊（草稿作「武」）口高桅亞。長江袞袞空自流（草稿作：「流不盡」），白髮紛紛寧少借。竟無五畝繼沮溺，空有千篇凌鮑謝。至今歸計負雲山，未免孤衾眠客舍。少年辛苦真食蓼，老境清閒如啖蔗。飢寒未至且安居，憂患已空猶夢怕。（下失：「穿花踏月飲村酒，免使醉歸官長罵」。）

這幅塗改滿紙的詩稿，乾隆時期仍然流傳在書畫名流之間。翁方綱（1733-1818）《復初齋文集》卷二十九，《跋東坡詩稿二首》說：「東坡《定惠院寓居月夜偶出》二詩草稿，紙本，高九寸，橫七寸，行草書十一行半，首二行之下半蝕去數字，第二首無末二句，

蓋當時脫稿未完之本也。」翁方綱《蘇詩補注》卷四，
說得更詳細：

　　方綱嘗見此詩初脫稿紙本真跡（即此帖），在
富春董蔗林侍郎誥家。前篇「不辭青春」二句，原
在「一枝亞」之下；「清詩獨酌」二句，原在「年
年謝」之下。以墨筆鉤轉，改從今本也。「江雲抱
嶺」塗二字，改「有態」。「不惜青春」，塗「惜」
改「詞」。後篇「十五年前真一夢」句，全塗去，
改云「憶昔還鄉泝巴峽」。「長桅亞」「長」字未塗，
旁寫「高」字。「白髮紛紛莫吾借」塗二字，改「寧
少」。「自憐老境更貪生」一句，全塗去，改云「至
今歸計負雲山」。「老境向閒如食蔗」，「向」字塗
去，改「安」字，又塗去，改「清」字；「食」字
不塗，旁改「啖」字。「幽居□□已心甘」句，全
塗去，改云「飢寒未至且安居」。「往事已空」，塗
二字，改「憂患」。其與今本異者，次篇「落帆樊
口」作「武口」，「長江袞袞空自流」，作「長江袞
袞流不盡」。

　　翁方綱論述此詩稿，考訂翔實，不僅羅列草稿與刊
行定本的差異，還指出宋代刊印《東坡集》的施元之注

提到:「此詩墨跡在臨川黃掞家,嘗刻於婺女倅廳。」從版本對照考證,認為臨川黃掞家藏的墨跡已經不是此草稿,可能是東坡的定稿。從理解蘇軾作詩的創作過程而言,草稿墨跡提供了最珍貴的文物資料,讓我們看到他如何斟酌字句,如何審慎選字措辭。雖然寫詩可以一揮而就,但成詩之後還得細加琢磨,反覆推敲,才成定稿,書寫墨跡示人。因此,這份草稿得以保存,真是彌足珍貴,也是翁方綱所說的「尤見詩法」。他還特別寫了《觀董蔗林少宰所藏蘇文忠定惠院月夜偶出二詩草墨跡》一詩,感歎蘇軾在黃州寫詩的創作豪情:「……黃州是時居甫謫,海棠尚遲枝頭亞,豪情一入道眼觀,醒客翻將醉語借。渾忘八法體攲正,那計三春艷開謝。如此筆墨真觀化,幾年籧篨堆僧舍……」(翁方綱《復初齋詩集》卷十四)

翁方綱考訂精審,讓啟功萬分佩服,在 1942 年審定《雍睦堂法書》,其中收有《定惠院寓居詩稿》,就以翁方綱的考訂為據,由北京琉璃廠豹文齋南紙店珂羅版精印,也就是今天大多數人看到的影印版本。啟功完全贊同翁方綱的判斷:「《詩稿》真跡,與集本異同。翁覃溪《復初齋集》曾詳考之。諦玩勾乙處,可悟詩法。書亦天真爛漫,顏魯公《爭坐稿》不能專美於前。標題《東坡詩稿》四字,後人所加。」啟功在此特別提

到顏真卿的《爭座位帖》，一來是讚美蘇軾書法超軼絕倫，二來也是明白標示蘇軾書法承繼顏真卿風格，連擬寫草稿之時，在不假思索的書寫狀態之下，都可以看出蘇軾延續了顏真卿書法的血胤。蘇軾對《爭座位帖》十分傾倒，在《東坡題跋·題魯公書草》明確說過：「比公他書尤為奇特，信乎自然，動有姿態。」或許也曾多次臨寫，現在還存有傳為他元祐六年（1091）的臨帖拓本。我們仔細對照《定惠院寓居詩稿》與《爭座位帖》，就會發現，風格的確相近，不過，蘇軾的草稿更為紛亂潦草，其中可能反映了蘇軾心境的游離失所與忐忑不安。

蘇軾寫這兩首詩之時，罪遭黃州，不知道會面臨什麼樣的困境，於二月初一日抵達黃州報到之後，形單影隻，寄居定惠院，心情之落寞可想而知。以罪人之身寄寓在廟裏，心有餘悸，不敢隨意外出。《定惠院寓居月夜偶出》一開頭就說，「幽人無事不出門，偶逐東風轉良夜」，這裏「幽人」一詞用得很恰確，有幽居世外不問世事、幽禁封閉不准社交、幽悶愁苦難以遣懷的多重含義，偶爾趁着春風吹拂，夜晚無人的時候，到外頭走動走動。已是早春柳絲抽芽的時候，仍有一枝殘梅掛在樹梢，像他一樣在風中飄零。獨自吟詩也只能自己和韻，借酒消愁也沒人陪伴，想到自己醉後吐真言，醒來

就害怕，只好辭退賓客回到家中面對妻子，任憑嘲罵。

第二首詩回憶年輕時的經歷，辛苦奮鬥，為經世濟民而努力，誰知世事難料，如落花，如流水，到老來連家鄉都回不得，「未免孤衾眠客舍」。從詩稿的書跡來看，蘇軾這兩首詩，愈寫心情愈複雜，遣詞用字也愈來愈謹慎，甚至有點緊張，塗改也愈多。寫到自己空有文章可以媲美古代的文豪，卻連五畝的田園都沒有。下一句原來是「自憐老境更貪生」，顯示的心情的悲憤與無奈，想想不好，全部塗去，改成比較平淡的「至今歸計負雲山」。寫「少年辛苦真食蓼，老境清閒如啖蔗」之時，感慨萬千，原來寫的是「老境向閒如食蔗」，他先把「向」字塗掉，改成「安」字，又塗去，改成「清」字；「食」字改成「啖」字，就變成「老境清閒如啖蔗」，故作瀟灑悠閒。再下一句「幽居□□已心甘」，塗改得一塌糊塗，而且來回改了幾遍。他原來寫的是甘心幽居，是「幽居齋味」，還是幽居什麼，我們已經無法猜測了，只能看到他把「已心甘」先改成「緣身安」，後來又覺得不妥，整句全改，最後寫下「飢寒未至且安居」。詩稿原帖未完，刊印的定稿版本還有兩句：「穿花踏月飲村酒，免使醉歸官長罵」，呼應了前一首的挨妻子嘲罵。

《定惠院寓居詩稿》，讓我們看到了蘇軾書法很不

同的面貌，筆跡倉促潦草，而且通篇密佈塗乙，滿是墨丁與刪改的痕跡，看得人心驚肉跳，目瞪口呆。據故宮專家說，詩稿或許是明清時期的摹本，是按照真跡勾勒摹寫的，但無論如何，可以確定的是，蘇軾詩稿的原跡面貌必定如此，也就反映了蘇軾作詩的構思情態，從最初寫下詩句之際，邊寫邊改的創作過程。從這個角度來看，蘇軾潦草的字跡也非常耐看，真所謂「粗服亂頭，不掩國色」。

寫詩的人應該知道，有時走在路上或是躺在床上，靈感突然來了，一首詩就砸在頭上，可以一氣呵成，基本成篇。但是，要記下腦中浮現的意象及精彩的詩句，趕緊到處找筆，手就忙不過來了。書寫得再快，還是覺得有些美麗的詞句，甚至剛才還鮮明如畫的意象，已經像輕煙一般，消逝於想像世界的縹緲靈山，再也尋覓不回。我們假設蘇軾不是凡人，是天上文曲星下凡，基本都記得住靈感砸下來的詩篇，但還是會修改詞句，以成定稿。從這兩首詩的詩題《定惠院寓居月夜偶出》及《次韻前篇》，就可知道，蘇軾借住在定惠院僧舍，夜裏出去散步，心裏感慨自己遭貶到黃州，一個人形單影隻，借住和尚廟裏，只能夜裏出外散散心。偶出之際，靈感突如而至，回到住處，趕緊寫下觸動自己內心的一首詩。寫了一首，尚未盡意，接着前韻寫了主題相連的

第二首詩篇。你說，他原詩的草稿，筆跡能不潦草嗎？這次展出的詩稿，即使不是蘇軾親筆寫下的真跡，而是明清時期的摹本，我們至少看到了蘇軾寫詩的過程，看到蘇軾創作的心理狀態，看到原詩從草稿到定本的修訂痕跡。翁方綱指出，詩帖原稿在遣詞用字的斟酌上，闡明了蘇軾寫詩的心理狀態，仍然心有餘悸。這就讓我們體會，人生態度豁達自在的蘇軾，也有「人艱不拆」的處境。

何薳（1077-1145）《春渚紀聞》卷七，有「作文不憚屢改」一條，說到蘇軾詩稿有塗改的情況：

> 自昔詞人琢磨之苦，至有一字窮歲月，十年成一賦者。白樂天詩詞，疑皆衝口而成，及見今人所藏遺藁，塗竄甚多。歐陽文忠公作文既畢，貼之牆壁，坐臥觀之，改正盡善，方出以示人。薳嘗於文忠公諸孫望之處，得東坡先生數詩藁，其和歐陽叔弼詩云「淵明為小邑」，繼圈去「為」字，改作「求」字，又連塗「小邑」二字，作「縣令」字，凡三改乃成今句。【凡三改乃成今句「三」，津逮本作「二」。】至「胡椒銖兩多，安用八百斛」，初云「胡椒亦安用，乃貯八百斛」，若如初語，未免後人疵議。又知雖大手筆，不以一時筆快為定，而憚於屢改也。

何蘧指出的情況是，他曾在歐陽修孫輩處見過蘇軾的詩稿，其中有《歐陽叔弼見訪誦陶淵明事歎其絕識叔弼既去感》一詩，開頭「淵明求縣令，本緣食不足」，第一句塗改過兩次，當中的「胡椒銖兩多，安用八百斛」也有過改動，可見蘇軾雖是大手筆，寫詩還是會有字句的修訂，才成為定稿。以這個例子作為對比，蘇軾的《定惠院寓居詩稿》的改動，就不是一兩處，而是通篇塗乙刪改，顯示了作者複雜的心情，在字句斟酌上有點畏首畏尾，心有餘悸。

（四）《海棠詩帖》

蘇軾寄住在定惠院，無所事事，只敢在附近走走，還寫過《寓居定惠院之東，雜花滿山，有海棠一株，土人不知貴也》一詩，後人簡稱作《海棠詩》：

> 江城地瘴蕃草木，只有名花苦幽獨。嫣然一笑竹籬間，桃李漫山總粗俗。也知造物有深意，故遣佳人在空谷。自然富貴出天姿，不待金盤薦華屋。朱唇得酒暈生臉，翠袖卷紗紅映肉。林深霧暗曉光遲，日暖風輕春睡足。雨中有淚亦悽愴，月下無人更清淑。先生食飽無一事，散步逍遙自捫腹。不問人家與僧舍，拄杖敲門看修竹。忽逢絕艷照衰朽，

嘆息無言揩病目。陋邦何處得此花，無乃好事移西蜀。寸根千里不易到，銜子飛來定鴻鵠。天涯流落俱可念，為飲一樽歌此曲。明朝酒醒還獨來，雪落紛紛那忍觸。

　　從詩題可以看出，蘇軾在定惠院附近閒步遊覽，在春天雜花盛開之時，看到一株名貴的海棠，當地土人並不知道珍惜，任其野生野長。他見景生情，想到自己淪落江湖，有如天姿國色的海棠，卻遭到朝廷排擠與誣陷，被迫幽居在黃州。應該是老天有什麼深意，讓絕代佳人生活在沒人駐足的幽谷吧？他從草木雜生之中見到名花海棠，有感而寫這首詩，顯然是感歎自身的滄桑遭遇。

　　從這首詩創作意識的生發來看，詩人在構築意象與發抒情感之時，浮現了杜甫《佳人》與白居易《琵琶行》的影子，並且引用兩詩的比興寓意，表面上以賦體詠物或陳述他人的遭遇，實際上反映的是自身的際遇。由賦體而比興，是中國寫詩的慣例，表面說的是眼前景物或情事，其實是訴說自己內心的感慨，《楚辭》肇始的「香草美人」建立的就是這樣的傳統。不論是杜甫寫幽谷的絕代佳人，還是白居易寫空守江口的琵琶女，真正的詩意都是感喟自身淪落的遭遇，蘇軾的這首海棠詩也不例外。

杜甫的《佳人》一詩，作於唐肅宗乾元二年（759）秋季，寫的是安史之亂社會動蕩，佳人遭到夫婿拋棄，幽居在深山空谷之中，堅貞自守，不改其高貴的品格。此時杜甫正經歷朝廷的排擠，被迫辭官，攜家帶口客居秦州，靠採藥挖芋維生。詩開頭寫的「絕代有佳人，幽居在空谷。自云良家女，零落依草木」，雖然寫的是棄婦，假如我們沿用「香草美人」的傳統解詩，也可以是杜甫的自況。這首詩的結尾：「但見新人笑，那聞舊人哭。在山泉水清，出山泉水濁。侍婢賣珠回，牽蘿補茅屋。摘花不插髮，採柏動盈掬。天寒翠袖薄，日暮倚修竹。」就可以理解成，朝廷引用新人，把忠心耿耿的杜甫這樣的老臣放逐在外。自己雖然遭受排擠與打擊，幽居山谷，生活困頓，節衣縮食，變賣細軟，卻依然固守忠君愛國的信念，顯示了高風亮節。最後幾句寫幽居生活的拮据情況，天寒衣單，翠袖飄搖，在日暮時分倚靠着挺拔的修竹，顯示了「時窮節乃見」的風骨。

回頭來看看蘇軾的海棠詩，說臨江的黃州城外草木叢生，「只有名花苦幽獨」，當然是以名貴的海棠來比擬貶謫的自己。和杜甫的佳人一樣，自己的處境雖然困苦，卻遺世獨立，風骨依舊：「嫣然一笑竹籬間，桃李漫山總粗俗。也知造物有深意，故遣佳人在空谷。」海棠花「自然富貴出天姿」，有如我寄住在僧舍，不必盛

放在金盤之中來點綴華屋豪宅，同樣呈顯高貴的風貌。詩人形容海棠美麗的容貌是，「朱唇得酒暈生臉，翠袖卷紗紅映肉」，也呼應了蘇軾酒醉飯飽，無所事事，在春天午睡之後，閒步林郊，突然邂逅海棠的驚艷。這樣美麗的名花是哪裏來的？怎麼會淪落到陋邦黃州？哦，一定是鴻鵠銜了我家鄉西蜀的種子，流落到此，讓我像江州司馬感慨琵琶女的遭遇，唱歎「同是天涯淪落人，相逢何必曾相識」！

關於定惠院東邊小山上的海棠，蘇軾在元豐七年（1084）春天上巳日（三月三日），離開定惠院已經五年之後，又攜帶友人同來觀賞，寫了《記遊定惠院》一文（《蘇軾文集》卷71）：

> 黃州定惠院東小山上，有海棠一株，特繁茂。每歲盛開，必攜客置酒，已五醉其下矣。今年復與參寥禪師及二三子訪焉，則園已易主。主雖市井人，然以予故，稍加培治。山上多老枳木，性瘦韌，筋脈呈露，如老人頭頸。花白而圓，如大珠累累，香色皆不凡。此木不為人所喜，稍稍伐去，以予故，亦得不伐。既飲，往憩於尚氏之第。尚氏亦市井人也，而居處修潔，如吳越間人，竹林花圃皆可喜。醉臥小板閣上，稍醒，聞坐客崔成老彈雷

氏琴，作悲風曉月，錚錚然，意非人間也。晚乃步
出城東，鬻大木盆，意者謂可以注清泉，瀹瓜李，
遂夤緣小溝，入何氏、韓氏竹園。時何氏方作堂竹
間，既辟地矣，遂置酒竹陰下。有劉唐年主簿者，
餽油煎餌，其名為甚酥，味極美。客尚欲飲，而予
忽興盡，乃徑歸。道過何氏小圃，乞其叢橘，移種
雪堂之西。坐客徐君得之將適閩中，以後會未可
期，請予記之，為異日拊掌。時參寥獨不飲，以棗
湯代之。

可知蘇軾對定惠院東面小山（名柯丘）的海棠印
象深刻，那是他初到黃州心情低落時的心理慰藉，讓他
對自己的生存意義找到了大自然的參照。因此，在黃州
羈旅的五年當中，每年春天，他都會帶朋友在花下聚會
飲酒，以消永日。黃州當地人也十分尊敬躬耕東坡的蘇
軾，知道他喜歡這面山坡，不再隨便砍伐山林，為他保
持了山林的記憶。蘇軾貶謫黃州的歲月，也因此從孤獨
淒苦的山谷幽居，轉成隱逸山林的愉悅了。他寫《記遊
定惠院》的時機十分重要，因為獲知神宗皇帝下手令解
除了他的黃州貶謫，有御札說「蘇軾黜居思咎，閱歲滋
深，人材實難，不忍終棄」，遭貶棄置的抑鬱終於雲消
霧散，這也是他最後一次觀賞定惠院東的海棠了。

蘇軾的海棠詩問世後，引起了歷代文人的廣泛關注和好評。黃庭堅《跋所書蘇軾海棠詩》說，「子瞻在黃州作《海棠詩》，古今絕唱也。」黃徹（1093-1168）《䂬溪詩話》卷八，討論王安石寫《梅》的詩句「少陵為爾牽詩興，可是無心賦海棠」，認為不如蘇軾寫的《海棠詩》：「曾不若東坡《柯邱海棠》長篇，冠古絕今，雖不指明老杜，而補亡之意，蓋使來世自曉也。」。這裏說的「補亡」，是說杜甫詩不詠海棠詩，因為「杜子美母名海棠，子美諱之，故《杜集》中絕無海棠詩」。（《詩林廣記》前集卷二引李頎《古今詩話》）蘇軾海棠詩寫得好，而且心存忠厚，直追杜甫寫詩的境界，可以補足杜甫不寫海棠的遺憾，不像王安石說杜甫有詩興而不敢賦寫海棠，帶有調侃的意味，所以，蘇詩「冠古絕今」。汪師韓（1707-？）《蘇詩選評箋釋》對於東坡此詩，特別讚賞其描繪海棠姿態的詩句，認為刻畫海棠正是為了襯托蘇軾的流離心境：「『朱唇』二句繪其態，『林深』二句傳其神，『雨中』二句寫其韻。不染鉛粉，不置描摹，乃得是追魂攝魄之筆。倘中無寫發，而但一味作歎息流落之詞，豈復有此焱絕煥炳？」汪師韓顯然讀通了蘇軾的海棠詩，知道此詩的寓意在感喟流落的際遇。紀昀在《蘇文忠公詩集》評點本（乾隆辛卯（1771）八月序）中，說此詩「純以海棠自寓，風姿高秀，興象

深微。後半尤煙波跌宕。此種真非東坡不能，東坡非一時興到亦不能」，也可謂知音。

海棠詩的原跡未見，卻有拓印精美的日本拓本，藏於早稻田大學圖書館【見《海棠詩帖》插圖】，可以看出書寫的筆力虬勁，沉穩而且自信。《海棠詩帖》與《定惠院寓居詩稿》表現的書法風格很不一樣，主要有兩個原因，一是詩情展現的心態不同，從《海棠詩帖》可以發現蘇軾謫居的心情逐漸穩定下來，沒有剛到黃州那種棲棲遑遑不知所措的心境了。二是我們看到的《海棠詩帖》不是原本的草稿，而是蘇軾後來書寫舊作，是當作書法藝術來呈現的。蘇軾本人對海棠詩的創意十分滿意，曾經多次書寫，有些是他在元祐年間召還朝廷，甚至是當了翰林學士時期所寫，刻石的版本不下五六種，流傳甚廣。《王直方詩話》有「東坡海棠詩」一條：「東坡謫黃州，居於定惠院之東，雜花滿山，而獨有海棠一株，土人不知貴。東坡為作長篇，平生喜為人寫，蓋人間刊石者，自有五六本，云：『吾平生最得意詩也。』」魏慶之《詩人玉屑》卷十七也說：「元豐間，東坡謫黃州，寓居定惠院，院之東，小山上，有海棠一株，特繁茂，每歲盛開時，必為攜客置酒，已五醉其下矣，故作此長篇。平生喜為人寫，蓋人間刊石者，自有五六本云。軾平生得意詩也。」

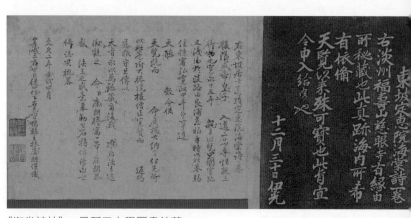

《海棠詩帖》，早稻田大學圖書館藏

寓居定惠院之東
雜花滿山有海棠
一株土人不知貴也
曰感而賦之

江城地瘴蕃草木
只有名花苦幽獨
嫣然一笑竹籬間
桃李漫山摁粗俗

自捫腹不問人家
與僧舍拄杖敲
門看修竹繞逢
絕艷照衰朽
歎息無言揩兩目
陋邦何處得此花
無乃好事移
西蜀寸根千里不
易到銜子飛
李宏鴻鵠天涯
流落俱不會為
飲一樽乳此生

蘇軾海棠詩書跡的影響極大，體現了東坡書法成熟時期的風格，後世書家不斷臨寫，從摹仿中提煉藝術體會，汲取靈感，以期昇華自己的審美境界。早稻田大學拓本《海棠詩卷》的書跡，落筆沉穩有致，正如黃庭堅說的典型東坡風格，「圓潤成就」「字形溫潤」「筆圓而韻勝」。蘇軾好友李之儀說：「東坡每屬辭，研墨幾如糊方染筆。又握筆近下，而行之遲，然未嘗停輟，渙渙如流水，逡巡盈紙。或思未盡，有續至十餘紙不已。議者或以其喜濃墨，行筆遲為同異，蓋不知諦思乃在其間也。」我們可以看到，詩卷開頭所寫的詩題，用筆端正遲緩，一筆一劃都矜持慎重，完全是正楷的真書性格。寫到「苦幽獨」的時候，開始由楷入行，用筆依舊緩慢，好像閒步庭院，瀟灑自如，「渙渙如流水」。到了「先生食飽無一事」之後，逐漸加速，筆隨意走，有快走的姿態了。字體的大小也隨意起來，錯落有致，不拘一格。看他寫的「銜子飛來」四個字，「子」字與「飛」字的大小對比，令人瞠目，也令人會心，感到鴻鵠真的從西蜀一路飛過來了。蘇軾講自己寫字的體會，「真生行，行生草，真如立，行如行，草如走，未有未能行立而能走者也。」《海棠詩帖》就這麼由立而行，由行而走，一直寫到結尾，最後署了個「軾」字，戛然而止。現存鮮于樞臨寫的《海棠詩卷》，藏於北京故宮博物院，在近日故

宮《千古風流人物》特展展出，其後有董其昌的跋語：「蓋東坡先生屢書《海棠詩》，不下十本，伯機（鮮于樞）亦欲附名賢之詩以傳其書，故當以全力付之也。」

元豐七年（1084）春天，蘇軾在黃州的第五年，也就是他最後一次攜朋置酒，觀賞定惠院海棠之時，不但早已離開定惠院，躬耕東坡，開闢了一片田園，還建造了雪堂屋舍，生活基本穩定，心境十分瀟灑豁達，還獲知解除了貶謫之困，便寫了另一首膾炙人口的《海棠》詩：「東風嫋嫋泛崇光，香霧空濛月轉廊。只恐夜深花睡去，故燒高燭照紅妝。」施宿的《注東坡先生詩》特別提到，曾經親自觀賞過此詩的墨跡，並以墨跡來校改蘇軾的文本：「先生嘗作大字如掌書，此詩似是晚年筆札。與本集不同者，『嫋嫋』作『渺渺』，『霏霏』作『空濛』，『更』作『故』。墨跡在秦少師伯陽家，後歸林右司子長。今從墨跡。」王文誥指出，「嫋嫋」改作「渺渺」不太恰當，因為用典出自《楚辭》的「嫋嫋兮秋風」：「謂風細而悠揚也。公《赤壁賦》『餘音嫋嫋，不絕如縷』，其命意正同。由是推之，則此句正用《楚辭》也。『空濛』可從，『渺渺』必不可從。」這段校讎文字非常有趣，也很矜慎而有理，值得多說幾句。

第一，《施注》說的「秦少師伯陽」，是秦檜的養子秦熺（1117-1161），「林子長右司」則在《全宋文》

第 5767 卷有陳造《祭林子長右司文》，可見都是南宋時期愛好風雅的高級官員，保存了蘇軾此詩的墨跡。這首絕句的墨跡是大楷，每個字有巴掌這麼大，可能是晚年書寫的，也就是說這首後來的《海棠詩》也書寫過多次，其他書跡不知道流落何方了。其次，《施注》看到東坡的親筆墨跡，以此更正了蘇軾詩集的文本，聽起來很有道理，但是王文誥不買賬，硬是拒絕更動成「渺渺」，而以《楚辭》典故改回「嫋嫋」，這就牽涉到蘇軾墨跡的文本問題。蘇軾多次書寫此詩，絕對不會去對照原詩的文本來書寫，而是靠着自己的記憶，隨興寫出，字句與原作稍有不同，是很平常的事，反映了古人墨跡與原詩文本的歧義，在作者書寫之時，並不是什麼了不得的事情，這種情況應該也出現在其他書法墨跡之中。第三，蘇軾在黃州貶謫期間，多次為海棠作詩，又在後日多次書寫前後的海棠詩作，顯然在他心目中海棠有特殊的象徵意義，甚至是撫慰創傷的心理補償，通過詩歌想像，在寂寞凄涼的地方，在月夜籠罩的迷茫之際，呼喚內心昇華的靈光。

　　從蘇軾初到黃州寓居定惠院，開始寫下《梅花詩帖》與《到黃州謝表》，到接着寫的《定惠院寓居詩稿》，再到《海棠詩帖》，最後又寫了大楷《海棠詩》，我們大體上可以看到蘇軾心境與書法展現的內在聯繫。

他遭受打擊，處境孤獨，內心有一股受到難以遏抑的蓬勃之氣，直欲噴薄而出。《定惠院寓居詩稿》是最有趣的例證，展示了他內心的惶恐不安，但又不甘於沉默，在潦草紛亂中摸索，超越詩歌格律的限制，落實到藝術的想像世界，為自己落寞的心情找到安身立命的歸宿。

幾度斜暉蘇東坡

鄭培凱 ● 著

責任編輯　何宇君
裝幀設計　簡雋盈
排　　版　陳美連
印　　務　劉漢舉

出版
中華書局（香港）有限公司
香港北角英皇道 499 號北角工業大廈 1 樓 B
電話：（852）2137 2338
傳真：（852）2713 8202
電子郵件：info@chunghwabook.com.hk
網址：http://www.chunghwabook.com.hk

發行
香港聯合書刊物流有限公司
香港新界荃灣德士古道 200 - 248 號
荃灣工業中心 16 樓
電話：（852）2150 2100
傳真：（852）2407 3062
電子郵件：info@suplogistics.com.hk

印刷
美雅印刷製本有限公司
香港觀塘榮業街 6 號海濱工業大廈 4 樓 A 室

版次
2022 年 9 月初版
2023 年 5 月第二次印刷
©2022 2023 中華書局（香港）有限公司

規格
32 開（210mm x 140mm）

ISBN
978-988-8807-68-0

渺渺兮予懷，望美人兮天一方。客有吹洞簫者，倚歌而和之，其聲嗚嗚然，如怨如慕，如泣如訴，餘音嫋嫋，不絕如縷。舞幽壑之潛蛟，泣孤舟

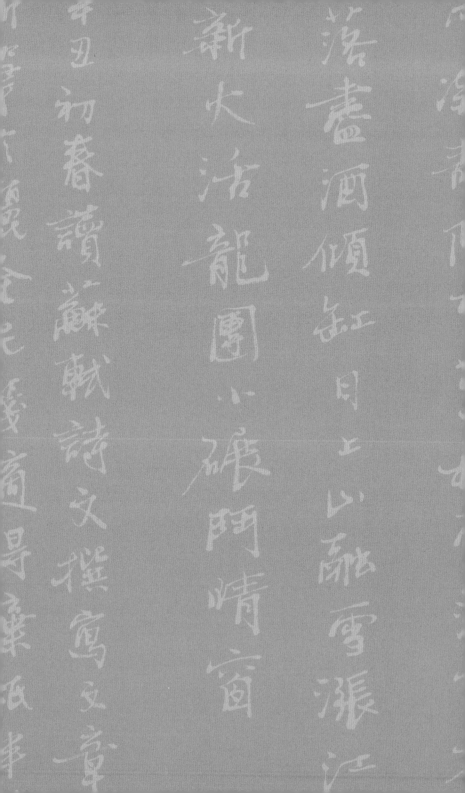

夫人歌以飲余梦中為作回文詩贊

云亂點餘花唾碧衫袁用祇燕

也乃續之為二絕句云

碗捧纖纖亂點餘花唾碧

郡中請故營地數十畝，便

荒為茨棘瓦礫之場，而歲又

始盡。擇柔而歎，乃作其